Mal Barrée

Lou Vernet

Mal Barrée

Illustrations : Hervé Villatte

@2016, Lou Vernet

Editeur : BoD – Books on Demand

12/14 rond point des Champs Elysées – 75008 Paris

Impression : BoD – Books on Demand, Allemagne

ISBN : 9782322115334

Dépôt légal : Octobre 2016

A mes filleuls,
Benjamin et Sacha.
Je vous aime.

Ne prenez pas la vie au sérieux,
de toute façon,
vous n'en sortirez pas vivant.

Bernard Le Bovier de Fontenelle
1657-1757

Quoique vous rêviez d'entreprendre,
commencez-le.
L'audace a du génie,
du pouvoir, de la magie.

Goethe 1749-1832

Je suis un objet : Vivant. On me naît et je respire. On m'appelle et je réponds. On me nourrit et je grandis.

Je deviens un objet : Encombrant. On me pose, j'attends. Je dérange, on me déplace. On m'oublie, je me récrie. On me tait et je m'efface.

J'apprends à être un objet : Utile. On m'alite, je me couche. On se vautre, je gémis. On s'endort et je pleure.

Je voudrais être un objet : Pensant. Qu'on me questionne si j'ai à dire. Qu'on m'écoute si je peux dire. Qu'on me comprenne si c'est possible.

Je ne suis qu'un objet : De plus. On m'essaie, je déçois. On me décore, je fais potiche. On me présente, je perds ma place.

Je finis en objet : Brocante. On me brade, quelqu'un m'emporte. On me lustre, je reprends vie. On me « swiffe », je me réanime. On me lave, j'étincelle. Puis on me repose et j'attends à nouveau

Je suis ?

Spontanément, je vous répondrais : « Rien ». Ce qui serait la vérité si je me posais en tant que point dans l'univers. Une bulle, un électron libre, une super nova. Le ventre prêt à exploser. Poussière d'étoile mêlée à d'autres poussières d'étoiles. Eclat microscopique de vie, parcelle éthérée. Un maillon dans la chaîne. Une étape.

Un « Point » quoi !

Evidemment c'est cliché mais il ne faut pas se leurrer. Nous ne sommes pas tous Obama, Sarkozy, Mandela, Arthaud ou Mère Teresa ! Les destinées c'est comme le Loto, on peut tous tenter notre chance, mais au tirage…

D'ailleurs, si je mélange les genres, (Sarkozy… Mère Teresa, ça panache sec, non ?), c'est pour être sûre que tout le monde s'y retrouve.

Inutile de nous diviser pour un « Point » plus gros que les autres.

Retour au point d'ancrage : « Qui suis-je ? ».

Réponse : « Rien ».

J'abrège la démonstration, je fais court, vous avez compris, cela fait deux fois que je vous le dis.

Je ne suis « Rien » et pourtant.

Bah oui, il y a toujours un « Mais ».

Si l'univers consentait à se rapprocher ostensiblement - j'aime bien ce mot-là, on sent en le disant tous les rouages de l'adverbe en train de se mettre en branle - non sans peine et pour cause... faut que ce soit l'univers qui fasse le chemin. Moi j'ai essayé et ça n'a pas marché.

Si donc, l'univers consentait à faire l'effort de zoomer, je vous répondrais, un degré au-dessus, je suis : « Un peu plus que Rien ».

Pas encore grand-chose et tout de même un contour reconnaissable. Une silhouette qui vous ressemble.

Un fil tendu à la verticale surmonté d'un nombre incalculable de possibilités aléatoires et génétiques (ou aléatoirement génétiques ou génétiquement aléatoires, est-ce que la génétique est aléatoire ? Vous irez tisser votre réponse sur la toile, il existe une saillie sinon je ne poserais pas la question…) d'un bloc cervical délimité en pointillé.

Vous avez dû relire le début de la phrase, omettre l'aparté, et relier la fin d'un coup ? Ne mentez pas, je le sais, j'ai dû le faire aussi pour écrire la suite. C'est bien ! Vous vous accrochez.

Des apartés il y en aura d'autres, c'est certain, alors autant en prendre l'habitude. Vous n'êtes pas pressé. Vous pensiez passer deux heures avec moi, comptez le double et ça fera l'affaire. Qu'est-ce que quatre heures dans l'existence, au regard du temps incommensurable gaspillé chaque jour ?

Maintenant je m'explique. Ne pensez pas que votre tête soit un aggloméré uniforme, parfait et plein. Non. Oubliez cela. Ne croyez pas tout ce qu'on vous dit.

Ils sont gentils les « scientifiques » mais ils ont omis l'essentiel : le couloir invisible. Le tunnel qui existe entre le nez et les oreilles et qui, si vous ne le saviez pas encore, fait courant d'air et qui, si vous ne vous en étiez pas rendu compte, explose vos contours, vilipende votre énergie, favorise le ressac de ce que vous appelez vos pensées et fatalement vous met dans « l'embarras ».

Là, je reste polie, j'essaie de contenter tout le monde, les plus attentifs auront compris que « embarras » est un moindre mot au regard de ce que je pense vraiment.

Si je veux être lue dans les écoles plus tard - parce qu'évidemment je veux être lue dans les écoles plus tard, c'est là que se forment les esprits et qu'il reste une chance de changer le monde - autant que je me censure toute seule.

Je ne l'admettrais de personne d'autre.

Ceci dit, l'univers s'étant ostensiblement rapproché, fil et crâne pointillé bien en vue, ce serait encore mentir que de me traiter de « Pas grand-chose ».

C'est là où tout le vice prend sa forme d'où l'expression « Vice de forme » qui ouvre les débats, sépare accusés et jurés en tentant de rendre son verdict. Le jour où l'on est vu de près, il devient intolérable de n'être « Rien », voire « Pas grand-chose ».

Le grand challenge de la reconnaissance commence alors. Il durera toute la vie et ce, même si l'on se rappelle qu'on est seulement un « Point » dans l'univers.

Soyons honnêtes. On souhaite tous être un « Point » qui compte.

Un « Point » qui grossit, qui prend sa place, qui se voit, ne serait-ce que de quelques autres « Points ». Un « Point » qui, s'il sait se départir des autres « Points », pourrait devenir celui qui ponctue la dernière phrase, le dernier mot.

Le mot de la fin.

Alléluia !

Me revoilà donc avec la question intacte :

« Qui suis-je ? ».

A la toute fin et même si ce n'est pas rassurant, loin s'en faut, parce qu'il faut pouvoir l'assumer, et cela seule, toujours aux yeux de l'Univers, je suis un « Point » entier, absolu, unique, singulier féminin aux tendances plurielles.

Mon « Point » est un ensemble où se cachent à l'intérieur plusieurs autres « Points ». Des bons et des moins bons. Des tendres et des durs, des mesquins et des généreux.

Pour faire clair, autant de points qu'il y a de niveaux de gris (si vous trouvez combien il existe de nuances excepté les fameuses 50, merci de me l'écrire, moi je n'ai pas trouvé. Cela donnera une idée de ma pluralité qui est grande, je vous le confirme).

Un dégradé qu'il convient cependant de ne pas trop rapprocher du noir comme du blanc. Les histoires d'extrêmes n'ont jamais prouvé leur force même s'il reste des convaincus et des entêtés pour y croire. C'est un autre débat, passons pour l'instant. Il n'est pas dit qu'on y revienne dans quelques pages. L'inconscient est trublion.

Le « Point » de tous mes « Points » qui vous écrit en ce moment n'est pas le meilleur. Loin de là. Il est en colère. Ce qui veut dire qu'il est bête. Que voulez-vous, cela arrive.

Comme on le sait – en tout cas moi je l'ai très souvent expérimenté - la colère diminue nettement les facultés intellectuelles. J'ai comme ça des vérités toutes faites, ni pires ni meilleures que d'autres, le genre de croyances qui pose d'emblée les constats. Il faudra vous y habituer, je ne vais pas m'excuser de tout non plus.

Et puisque la colère existe - et pas que chez moi, je l'ai vérifié aussi - c'est qu'elle a son utilité. Au départ, on ne sait pas bien laquelle, on la subit. Après, on trouve.

Si, si je vous assure. Pour peu qu'au départ on possède les qualités requises qui font défaut au moment de ladite colère, on trouve. Parfois trop tard et c'est dommage ! Nous ne sommes que de tout petits « Points », ne l'oublions pas.

Restons magnanimes !

D'où cependant, mon envolée à l'intérieur de ces dédales labyrinthiques - oui je sais, il y a redondance. C'est pour bien saisir l'ampleur du phénomène - avant qu'elle ne fasse trop de dégâts. Parce que là, honnêtement j'en suis à l'overdose et si personne ne m'arrête, je vais péter un câble, une durite, un plomb, ce que vous voulez mais l'abcès va crever, d'une manière ou d'une autre.

D'ici à ce que je prenne un aller simple pour Tojimbo, y'a qu'un pas. Un sacré pas d'ailleurs. Le Pas qui tue ! « The last step », un super titre, non ?

Si vous ne connaissez pas cet endroit de la terre, définitivement vertigineux, mortellement beau, rassurez-vous, c'est que vous n'êtes pas aussi désespéré que moi !

Comme je sais que personne n'arrêtera ma colère sauf si moi je le décide, je me lance un défi : trouver mon « Qui Suis-je ? ». En mettant tout de même un bémol. Ne croyez pas que je donnerai toutes les réponses. D'emblée, je vous le dis, je ne les ai pas. Avec un peu de chance, on tirera des ficelles qui deviendront lassos et on pourra espérer une grosse prise mais restons simples, ce livre n'est pas le manuel de « tout ce qu'on ne sait pas » que j'aurais, par miracle, trouvé. L'univers (l'homme) cherche depuis des millénaires, ne soyons pas plus royaliste que le roi.

Où en étais-je, déjà ?

Petit retour en arrière, cela va nous aider.

Ah oui, je suis en colère ! Comment ai-je pu l'oublier ? En colère contre le monde entier. Rien que ça. Ni plus ni moins.

J'en ai le poing serré (incommode au possible pour user du clavier, mais j'essaie, vous comprenez le pourquoi de tous ces va-et-vient), les dents qui crissent, le sourire anthropophage, la vengeance en fermentation. Une jolie boule de désir, c'est à tomber en pâmoison !

Non, franchement, je vous le confirme, vous êtes bien mieux protégé par la couverture de ce livre que face à mon ire carnassière. Je pourrais mordre tout le monde en ce moment, y compris moi. D'ailleurs c'est fait. J'ai à présent deux petits crocs sur mon pouce gauche, preuve de ma rage douloureuse et preuve aussi que je ne mens pas. Dans ce monde « pointé », faut toujours des preuves. Cela aussi, ça m'énerve.

Quant à savoir pourquoi je suis en colère, c'est une autre question mais on y arrive, soyez patients.

Un bon début pour répondre à la question « Qui suis-je ? » - question que l'on vient tous à se poser un jour ou l'autre, enfin tout « Point » normalement constitué - est de faire au plus simple.

Nom, prénom, âge, taille, couleur des yeux, centre d'intérêts, habitudes, préférences etc. Comme sur ces sites de rencontres qui proposent de remplir un profil « type », à partir de questions « types », et ce, afin de mieux cerner la personne « type » qui, de l'autre côté de son écran, est censée mettre un point final à nos questions existentielles et, par là même, à notre état de « Point » isolé et solitaire.

Parce qu'une fois encore, soyons sincères, quand l'amour est là, tout est là. Le travail, les amis, les activités ne sont que des annexes, et/ou des compensations, face à cette quête que chacun de nous mène en vain. On n'a alors plus le temps de tergiverser. L'urgence est de vivre, profiter, prendre, donner, partager, etc. Nous ne sommes pas sûrs que cette parenthèse de bonheur va durer et que la terrible question du « Qui suis-je ? » ne reviendra pas de nouveau titiller notre intérieur, à ce moment-là, plus désappointé.

Nous y reviendrons, soyez-en sûrs. L'amour, on y revient toujours. Vous serez peut-être même obligé de tout relire depuis le début. Grrr, ce n'est pas grave, on s'est mis d'accord à la première page. Deux, quatre ou six heures ? Quelle différence au regard de l'éternité qui viendra bien assez tôt tous nous surprendre ?

En même temps, pour être franche, si entre-temps, pendant que j'écris cette odyssée du « Qui suis-je » - Gloups : en même temps, entre-temps, pendant, cela fait beaucoup pour une seule phrase, non ? Cela ne fait rien, j'assume. Si un éditeur y voit une faute grossière, je suis à peu près certaine que vous autres, « Points » solidaires de la planète qui avez consenti à l'achat de ce livre, vous y verrez « l'imprim' écran » *: miettes de mots, poussières de phrases...* que l'on fait tous de sa pensée quand on est dans l'urgence de parler et que les mots disent ce qu'ils ont à dire sans prendre de chemins détournés - ceci posé, je poursuis.

Si donc, entre-temps, etc., je tombe amoureuse et que, de fait, ma question ontologique devient caduque, on va tous se retrouver avec la question « fatale 2 » : « Que fais-je ? ». Ce serait l'opus 2, la suite logique de ce premier opus. L'urgence sera d'y répondre. J'abandonnerai mon ouvrage en plein questionnement. J'avais prévu que je n'avais pas toutes les réponses mais là, ce serait un peu fort de café, non ? « Ristretto » comme qui dirait !

Aussi deux alternatives sont possibles.

Soit j'écris vite ce tome 1 et il y aura de grossières erreurs de syntaxe mais tout le monde sera content. Vous, pour n'avoir pas perdu votre argent et votre temps. Moi peut-être, pour avoir répondu à la question et être ainsi en mesure de vivre ce bel amour qui promet d'arriver.

Soit je tombe amoureuse et là, catastrophe planétaire. Ce livre ne verra pas le jour, la nuit vous engloutira, vous resterez dans les ténèbres avec le sombre pressentiment que vous auriez pu vous en sortir mais qu'on vous a égoïstement lâché la main en cours de route.

Car, il est évident que si j'entreprends cette quête de répondre à ma propre question « Qui suis-je ? », c'est aussi pour vous. Afin que s'allume un espoir raisonné et concret de changer un chouia votre état de « Point ».

Ceci dit, moi en vous abandonnant, je n'aurais pas répondu à la question première et je risque de me planter sur la question subsidiaire. Le mieux est de prier ensemble. Que les choses soient faites dans l'ordre et le temps imparti. Que nous soyons tous satisfaits. En espérant que ça ne dure pas cent ans non plus, parce qu'alors je serai vraiment trop vieille et que j'ai ma pudeur (fierté ?). Je ne voudrais pas que mon bel amour s'enfuie aussitôt arrivé. « Mal barrée », sourde, aveugle et édentée : « Too much » !

Allez, je me lance la première. Évidement puisque c'est moi qui suis l'instigatrice. Que cela ne vous empêche pas de le faire aussi, parallèlement, dans le métro, sur votre sofa, à la pause déjeuner ou entre deux lessives.

Vous viendrez me chuchoter votre réponse au prochain salon du livre, on vivra une vraie communion !

Je passerais sur les Nom et Prénom. A priori c'est écrit en gros sur la couverture. A priori toujours vous savez lire. Les présentations d'usage faites, on ne va pas s'étendre là-dessus.

D'accord, d'accord j'entends les petites voix pointilleuses crier haut et fort « Holà, trop facile ! ». D'où l'on vient préfigure, pour beaucoup, ce que l'on est, ce que l'on est devenu, ce que l'on deviendra et tout le tintouin.

C'est vrai mais… Eh oui y a toujours un mais, ne l'oublions pas, j'y reviendrai, parce que les « Mais » dans une vie c'est comme les « Si », ça pourrit pas mal de possibilités.

Donc, je vous avouerais ceci : c'est une question à laquelle j'ai déjà répondu dans un précédent livre et dont je n'ai plus envie de débattre. D'un, l'histoire est beaucoup moins drôle. De deux, les éditeurs ne veulent pas l'imprimer. Vous n'avez qu'à leur demander une édition spéciale et urgente pour « Complément d'Objet Direct », légitime et capitale, à mon « Qui suis-je ? ».

Pour l'anecdote, et parce que vous insistez et que c'est vrai aussi, je pense qu'il en va de la compréhension globale de ma démonstration présente, je préciserais que Lou veut dire « Lumière (celte) » et « Illustre au combat (germanique) ».

Lumière, Courage, Qui suis-je ?

Ça tombe sous le sens, non ? Peut-être que si j'ordonne le raisonnement, étape par étape, cela vous parle mieux ?

1/ Qui suis-je ? - 2/ Courage - 3/Lumière

Tout un programme. Je vous laisse imaginer le vôtre. Je ne vais tout de même pas me donner en pâture sans que vous y laissiez quelques plumes aussi. Le sujet étant clos, passons à la question suivante. Souvent la seconde à être posée dans toute nouvelle rencontre : l'âge.

Grrr, cela donne effectivement une idée de ce que l'on s'attend à trouver, indique l'état d'esprit et d'avancement de la personne, prouve une certaine expérience. Tout le monde sait pourtant à quel point c'est subjectif mais ça ne fait rien, on y va quand même.

Anthropomorphagement (ça se dit ? Si ça ne se dit pas, en tout cas, cela s'invente bien !), je répondrais : 41 ans et 7 mois au moment même où j'écris cette phrase. Un bon âge pour se poser la question : « Qui suis-je ? ». Pas encore trop tard, me semble-t-il, même s'il existe des petits génies pour nous faire croire y avoir déjà répondu. Ou alors, je suis à la traîne, élève indisciplinée que je suis ! C'est possible. Il y a tellement de choses que tout le monde a l'air de savoir et que j'ai mis des années à apprendre. Un décalage temporel absolument dément. Ceci dit, avec les changements horaires, le dérèglement climatique, la fonte des glaces, la couche d'ozone et le reste, cela ne m'étonnerait pas. Si vous ajoutez une nouvelle lune, une lune noire ou une pleine lune, je ne réponds plus de rien. Pire encore, puisque je suis une femme, si vous prenez en compte le facteur cycle menstruel, alors là c'est le chaos total, l'anarchie. Sans compter une théorie tout à fait personnelle, hautement philosophique, sauvagement métaphysique, et nébuleusement spirituelle, qui est : Quel âge a-t-on réellement quand on naît ? Un jour ou déjà neuf mois ?

Si la naissance est le premier cri poussé vers l'extérieur, la réponse est un fait acquis, universel et sans réplique. J'ai bien comme annoncé fièrement plus haut, 41 ans et 7 mois. Pas de doute, je suis à l'heure, pas encore en retard. Mon « Qui suis-je ? » a toute sa légitimé d'expression.

Si, par contre, on suppose la naissance effective de notre être lors de la première alchimie spermato-ovarienne, aussitôt le problème se corse et d'un coup, on prend entre 6 et 9 mois dans la vue.

A ce jour, j'ai déjà plus de 42 ans. Il serait peut-être temps que je m'en souvienne et que j'arrête de traîner. Le temps est un fieffé malin et ma mémoire une passoire bien arbitraire.

Oyez, Monsieur Hippocampe, que fais-tu ?

Lou y-es-tu ?

En résumé donc, mon âge calendaire ne veut rien dire. Il y a des matins où j'ai l'air d'avoir 20 ans, des soirs où j'ai cent, mille, dix mille ans, des situations où je me sens à ce point tellement fœtus que je deviens une boule presque invisible coincée au fond d'un lit. Des nuits où mes cauchemars me ramènent à l'état d'enfant terrorisé, des angoisses qui prolongent mes abîmes à m'en donner le vertige.

Toutes ces réponses pourtant ne répondent pas à la question « Qui suis-je ? » mais bien « Dans quel état suis-je ? ». Restons concentrés.

Si on souhaite résoudre cette énigme, ce rébus, cette charade « Qui suis-je ? » qui me concerne c'est vrai, mais qui, je le sens bien, vous met dans le même embarras que moi (embarras qui vous vous rappelez est un mot alternatif vu que je veux pouvoir être lue dans les écoles), pas la peine de fanfaronner. Je vous croise tous les jours, je sais bien au fond, en grattant un peu, que cette question existentielle vous taraude à un point que c'en est dérangeant.

Donc, donc, donc. Comment qu'c'est qu'on va bien pouvoir faire ma bonne dame ?

Commencer toutes nos phrases par « Je suis... » par exemple ? Je suis grande ou petite, brune ou blonde, grosse ou laide ou les deux, passionnée ou têtue, égoïste ou généreuse... En n'omettant rien, en disant tout. Sans mentir, en vrai.

Promis, juré, craché.

Pour le coup je ne suis pas certaine d'avoir envie de le finir cet opus. Après lui, c'est sûr, y aura plus de bel amour assez dingue pour avoir envie de se coltiner avec moi. Faudrait être fou, suicidaire ou machiavélique.

Si je nuance (au-delà de 50, on est d'accord), car après tout, je ne sais pas encore qui je suis vraiment, et que j'écris mes débuts de phrase ainsi : « Je pense que je suis... », ça laisse une marge de manœuvre, non ? Ce n'est pas que je veuille assurer mes arrières mais tout de même !

Ou, dans une variante chère à nos artistes les moins loquaces, le fameux abécédaire, prisme laconique d'un nombrilisme non moins consensuel.

« A » comme « Aimer » (la bonne blague !), « B » comme « Baiser » (avec un article majeur devant et non le verbe !), « C » comme « Couleur » (mon côté arc-en-ciel un peu mièvre !), « D » comme « Dichotomie », etc.

Oui, oui c'est tentant. Et déjà fait.

Reste la possibilité d'un jeu : le « Si j'étais… ».

« Si j'étais » un végétal, un objet, une fleur, une couleur, un art, un personnage, un sentiment, un insecte, une habitation… Alors je serais une herbe folle, un tiroir secret, un coquelicot, le bleu de minuit avec une variante turquin, la sculpture, Gandhi, l'amour, un papillon, un chalet….

Cela ne veut pas dire grand-chose, non ?

Pas très franc comme procédé. Quelque peu enfantin et chimérique.

Devine-moi. Oh devine-moi ? Apprends-moi qui je suis. Dis-moi ce que je tends à paraître et tu trouveras ce que je cherche à être.

Merci les interprétations fantaisistes, les jugements ombilicaux, les recoupements symboliques et définitifs.

Je dis non !

Soyons créatif.

Inutile de préparer un tableau Excel, une grille de mots fléchés, un fichier préétabli. Si vous cherchez la case, elle n'existe pas. Pour personne.

A « Point unique », réponse unique !

Je me rappelle étant môme (c'est vous dire comme la question date...) avoir trouvé un procédé pour le moins barbare. Avec une aiguille préalablement chauffée à la flamme d'un briquet pour limiter toute prolifération infectieuse (le truc habituel que font les parents quand on se plante une écharde dans le doigt), je tentais de coudre un fil blanc dans la paume de ma main gauche. Je n'allais pas profond, pénétrais doucement l'épiderme, point après point, en prenant bien soin de dessiner le contour de ma main intérieure de façon régulière et continue. Je me disais qu'en rendant visible le fil invisible qui nous relie tous à l'univers, une entité divine allait me reconnaître comme son envoyée spéciale sur Terre et se pencher sur moi plus attentivement. C'était là, bien avant les tatouages et les piercings, une œuvre tribale de différenciation qui m'a coûté mes premières larmes de douleurs inutiles.

Parce qu'évidemment, ça n'a jamais marché. Quelques trous plus loin et un mouchoir taché de sang, j'apprenais à prier comme tout le monde, les mains jointes et l'œil humide.

Je choisis plus tard, par esprit de vengeance (puisque aucun Dieu n'avait reconnu mon sacrifice), de me coller avec un tube de colle scotch tous les doigts de la main. Amour, fusion, oh index, oh majeur, jamais vous ne me quitterez. Pathétique. Cela n'avait tenu que quelques heures et m'avait rendue encore plus maladroite. J'arrêtais là mes tentatives, convaincue du bien-fondé de cette phrase magique qu'on ne cessait de me seriner après coup « Tu comprendras quand tu seras plus grande ».

Bah ! Ça y est. Je le suis, plus grande. Et voyez où j'en suis. Mon « Point » initial, concentré naïf de valeurs éducatives et de personnalité propre, s'est mué en une myriade de points différentiels tous plus légitimes les uns que les autres.

Un sacré foutoir auquel je ne comprends rien. Je pense « sérieusement » qu'il devrait exister des temps de pause à chaque étape de la vie pour aborder la question du « Qui suis-je ? ».

Une classe préparatoire dans l'enfance, histoire de poser quelques bases innées, de nommer l'évidence encore pure et dure.

Une autre à l'adolescence pour appréhender la mutation physiologique et psychologique de la chrysalide en papillon.

Une troisième à l'entrée dans la vie active, d'au moins six mois à deux ans, pour avoir le droit de choisir un chemin et de faire demi-tour sans qu'il n'en coûte rien.

Une quatrième quand on tombe amoureux, là où notre « Qui suis-je » a le plus de chance d'être fortement remis en question.

Et des tas d'autres encore à des moments clés.

Inutile de forcer un individu à avancer quand il ne voit plus rien. Il court à l'échec, fait des erreurs, se fait mal, fait mal aux autres et finit entre les pattes des cow-boys à Spiderman (je devance la censure, raison d'Etat et autres subtilités chatouilleuses) à grossir les cages pénitentiaires ou derrière les barreaux d'une clinique à gonfler le trou de la Sécu. Quand ce n'est pas dans les griffes tordues de gourous des temps modernes.

Parce que merci bien l'exemple pour les pays dit « sous-développés ». On a bien fait de passer aux 35 heures. Qu'est-ce qu'on tricote le reste du temps ? À part des nœuds et de l'inutile consumérisme ?

Moi, la plupart du temps, je me prends la tête. À me demander ce que je fais là, qui je suis dans la chaîne et à quoi je sers. Petit « Point » invisible parmi d'autres, tout aussi invisibles. .

De fait, si on veut vraiment trouver et répondre à notre odyssée du « Qui suis-je ? », il va falloir jouer franc jeu, être plus inventif.

Fini les Lego du temps jadis, les cabanes en haut des arbres, le modélisme à pincettes, la scarification benoîte, les « Barbie-turiques » et les « Superman » salvateurs. Va falloir creuser, y aller à la torche et au seau. Ne suivez pas mon chemin de trop près. Je ne garantis pas *et* le chemin *et* le climax.

Il se peut que dans mon sillon gisent quelques cadavres putrescents et indigestes. Je serais peut-être même obligée d'apprendre le maniement du marteau-piqueur ou contrainte d'appeler la grue pour me vautrer dans sa mâchoire d'acier si je veux pouvoir me relever et y voir plus clair.

Pas de doute, vous êtes sur un chantier. Démolition, profanation, réhabilitation. Prévoyez la benne, que dis-je les bennes. Va y avoir de la gâche.

La réponse est en moi, quelque part. Je vais la découvrir. Si je m'en tiens à la théorie simpliste des actes manqués, je dirais qu'elle se trouve au bout de mon orteil droit. Bien planquée, entre la chair et l'ongle. J'ai dû me le cogner cent fois ces derniers temps, à m'en donner la nausée.

Et vous ?

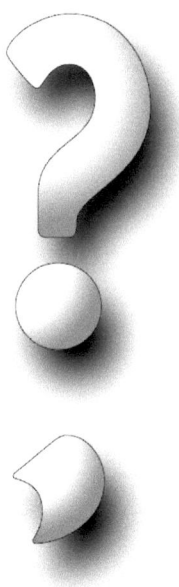

Je suis… quelqu'un qui se pose beaucoup de questions. Tout le temps. Du matin au soir. Je suis sûre que vous l'aviez deviné !

Une vraie cérébrale, pure et dure, tout ce qu'il y a de plus tordue. Circonvolutionniste à souhait ! Pas facile à prononcer la première fois, n'est-ce pas ?

L'imagerie médicale d'aujourd'hui, si précise soit-elle, n'y retrouverait pas mes petits.

Bug assuré. Message d'alerte répercuté : Désolée, nous ne reconnaissons pas ce logiciel. Voulez-vous re-paramétrer les données ? Activer l'antivirus ? Redémarrer le programme ? Réparer les fichiers endommagés ?

SOS Gogole, Wikitélà, Twitt, twitt, twitt… y a quelqu'un là-dedans ? Réponses urgentes souhaitées. Interrogations en pagaille !

Cela va du « Pourquoi je vis ? Pourquoi je meurs ? Pourquoi j'ai mal ? Pourquoi je ris ? Pourquoi je pleure ? ». SOS d'une terrienne en détresse comme dans la chanson à des choses plus basiques du genre : « Comment je m'habille ? Quel film je choisis ? De quoi j'ai faim ? » en passant par des choses beaucoup plus vaporeuses, sans queue ni tête et qui ne me laissent en général aucun souvenir.

Le regard vide, la fixette déconnectée, je traverse les murs, le temps, la rationalité. Je me perds, je tombe dans un trou. C'est le vide, le creux, la vague. Et je surfe. Ça me fait un bien fou. J'ai lâché prise.

Vivre pour moi, c'est répondre à chaque instant à une multitude de questions dont un large nombre me laisse sans réponse.

Et ce, dès le réveil.

Si je ne sais pas pourquoi je me lève, c'est clair, je reste couchée. Quand tu ne sais pas où tu vas, il est inutile de partir. Non ?

Ensuite, selon la réponse et l'effet qu'elle produit, s'ensuivent toutes les autres. Est-ce que j'en ai envie ? Suis-je obligée ? Quel intérêt cela a-t-il ? Vais-je apprendre quelque chose ?

Si la réponse est « Je vais travailler », je vous le dis tout de suite : la journée s'annonce mal. Attention, ce n'est pas que je sois contre le travail, il a son utilité. Mais (et ce mais là est de grande envergure) on est combien à faire véritablement ce qui nous plaît ? Combien à être heureux de notre situation professionnelle ? Au regard des milliards d'humains asservis, quel pourcentage ?

5 % ? - 10 %, un jour de bel optimisme.

Pas des masses en vérité. Hormis une poignée d'heureux élus, l'énorme majorité du monde subit une contrainte qui le lobotomise à petit feu.

D'un, cela prend un temps fou, c'est épuisant, on est souvent obligé de côtoyer des idiots ou au pire des méchants. Ça ne permet pas de faire les choses que l'on aime, et surtout, surtout, ça nous coupe de nos aspirations profondes.

La liste est longue, établissez la vôtre et ne soyez pas de mauvaise foi. On ne va pas jouer l'autruche ni les faux-semblants. Si c'est pour se voiler la face, vous vous êtes trompés de bouquin. Allez vous faire rembourser et achetez à la place le petit manuel du « Comment devenir un bon vivant ? ». Il en déborde des boites aux lettres avec des années de crédit à l'avenant. J'avais prévenu, je suis en colère. Pas d'humeur au compromis.

Soyons réglo.

Ok, j'avoue, en ce moment, c'est mon travail qui me pèse des tonnes. D'abord je n'ai pas l'impression d'aller travailler mais d'être retournée à l'école. À presque 42 ans (selon la théorie choisie !), c'est lamentable. Ma supérieure (long fil rigide, sec et cassant) est une vieille frustrée qui a loupé son agrégation (d'instit) et qui n'en n'a pas fait le deuil. Résultat, nous sommes ses enfants à modeler et, elle, l'éducatrice au grand savoir. Tout juste si l'on n'entend pas siffler la baguette les rares fois où un rire nous échappe. Une maîtresse-chef quoi. Je suis sûre que vous voyez de quoi je parle.

Le service où je bosse s'appelle le Pôle Paiement et dans paiement y'a quoi à votre avis ?

Payer évidemment. Tous les jours, cinq fois par semaine, depuis plus d'un an. Mais je suis bouchée ou quoi ? Paie, paie, paie…

Et moi, je ne veux plus payer. D'abord c'est quoi cette dette ? Le « must » dans l'histoire, c'est que mon bureau est situé exactement à mi-chemin entre l'hôpital Sainte-Anne et la Prison de la Santé. Entre la camisole chimique et les barbelés dissuasifs.

Jolie perspective, non ? J'imagine souvent le type du haut de son mirador, son arme pointée continuellement vers moi comme une provocation volontaire et alternative « si tu bouges, t'es morte ».

Vous connaissez Prison Break ? Vous vous souvenez de l'origami, l'oiseau de papier qui de temps en temps nous rappelle l'espoir de liberté. J'ai le même sur mon bureau ! Un beau bleu avec de grandes ailes qui attend de pouvoir s'envoler.

Un origami et une fourmi de compagnie, sauvée un matin chagrin à une colonie qui passait sous ma chaussure. Pas une reine qui aura des exigences ou une ouvrière qui aurait un idéal, une simple fourmi qui comme moi, à juste besoin d'un peu de douceur.

SOS docteur Tête, vite un antivirus, je deviens dingue ! Mais qu'est-ce que je fous là ? Pourquoi ?

Comment j'en suis arrivée là ? Qui suis-je ? Vers quoi j'avance ? Le mur ?...

Vous connaissez Mondrian, le peintre ? Evidemment que vous connaissez, il fait dans l'abstrait. Ce qui ne veut pas dire qu'on n'y comprend rien. Au contraire. Parfois les images suggèrent mieux que tous les mots mis bout à bout (mis bout à bout, à bout, bouillir, y a un sacré aparté à faire là… chut, Lou, n'abuse pas des bonnes choses).

Surfez quelques minutes sur Internet pour savoir de quoi je parle (sa composition n°10 précisément, 1915, huile sur toile) et revenez me lire. Oui je sais, c'est encore du temps ajouté, non prévu mais (un joli, celui-là) vous aurez grossi la masse de votre « Point » intelligent et surtout vous arriverez à me comprendre. C'est un peu le but tout de même !

Vous y êtes ? Vous avez vu ?

Certes, ce ne sont pas des points mais des croix ou peut-être même des traits, qui sait. Qu'est-ce que ça change au fond ? Des lignes de vie que l'artiste a assemblées. Elles n'indiquent rien, sont laissées à la libre interprétation, à l'humeur et au contexte du jour. Un beau voyage ou une descente aux enfers, c'est selon. Pour moi, la représentation parfaite de mon état d'esprit.

J'y vois un cimetière, le deuil de tout ce que je n'ai pas réalisé, pas vu, de tout ce que j'ai raté. Vous avez compté les tracés ? Voyez comme ma valise de rancunes/regrets est lourde. De plus, le dessin laisse entrevoir un ovale pas fini, croix en pointillés. Preuve encore que ma théorie du crâne ouvert aux courants d'air se confirme. Et ça, ça me met franchement en colère. En colère contre le monde entier.

Oui je sais, je me répète, mais faut bien dire ce qui est. Parce que c'est de sa faute évidemment. Si je n'ai pas su, pas pu. Il aurait fallu que mon « Point » (ou mon poing ? Stop l'aparté, Lou) soit le plus fort - la vie est une lutte, ne l'oublions pas - pour que je puisse le mettre dans la face d'un autre point. J'eus été soulagée. Ma vieille colère serait tombée et n'aurait pas grossie au fil des années. Mais voilà, j'ai été un « Point » tout doux, qui ne voulait pas devenir plus vil que les vils. J'ai consenti, excusé, pardonné. Au point d'avoir grossi ma colère contre Moi, contre mon monde à Moi, centré à l'intérieur, pris dans sa totalité, dans sa très grande impuissance. Pour finir par me sentir perdue, désarticulée, pour ne pas dire désincarnée. Oui désincarnée. Le terme n'est pas trop fort.

C'est en voyant ce tableau il y a quelques semaines que mon « Qui suis-je ? » est apparu pour la première fois et a pris le pouvoir. J'avais devant les yeux un véritable charnier, le cimetière de mes rêves, une forêt de pierres tombales et sur chacune, gravée, l'épitaphe de mes désillusions.

Mes questions même les plus faciles ont grossi à tel point que j'en ai perdu la parole. Je n'avais plus de mots assez forts pour répondre à toutes mes interrogations. Une sale histoire de colon tourbillonné, une totale amnésie orale. Incapable de produire un son, d'articuler une parole qui énonce une idée qui veuille dire quoi que ce soit. Une disjonction entre mon cerveau et ma bouche. Comme s'il m'était poussé, à mon insu, vicieusement, un gros intestin. De mon cortex à ma gorge, un colon totalement arbitraire et inefficace qui se serait obstrué. Entre mes pensées coincées au plafond et mon gosier qui éjaculait de la bouillie incompréhensible, pourrissait un magma nauséabond d'incertitudes excrémentielles.

Jolie la fille ! Fallait voir, un vrai rebut ambulant.

Je me suis regardée dans la glace et je ne me suis pas reconnue.

Oh hé, t'es qui toi, me suis-je demandée ?

Tu ne te ressembles plus. Avant tu serais partie, t'aurais tout bazardé. Qu'est-ce qui t'arrive, tu vieillis ou quoi, t'as perdu la foi ? Tu ne te fais plus confiance ? Tu ne crois plus à la magie de la vie, à tes adages de fond « La chance sourit aux audacieux », « Demande et il te sera donné » ?

C'est en me voyant, laide et lâche, que j'ai compris qu'il y avait un « Hic », un phénoménal « Hic » - cette espèce d'onomatopée qui te reste en travers de la gorge et qui change chacun de tes sourires en grimace. Je ne savais plus qui j'avais en face de moi. Quelqu'un avait éteint la lumière.

L'enfant, l'adolescente, la jeune femme que j'avais été était devenue une femme vieille de quarante ans qui, si elle se fixait, ne voyait plus qu'un « Point ». Un minuscule « Point » surplombé d'une sorte de monstrueuse virgule inversée. Vous voyez la chose ?

J'ai nommé : le « Point » d'interrogation.

« Qui suis-je ? ».

Colossale l'interrogation ; Tout petit le point. Ensevelie sous la charge, étouffée par l'immensité de la scoliose inquisitrice. Une épée de Damoclès qui me serait descendue dans tout le corps. Vas-y pour marcher avec ça ! Non, je te le demande, qui peut marcher ainsi, de guingois, sans s'épuiser ? Tout tordu d'hypothèses problématiques. D'où la désarticulation. Tu vois que ce n'était pas trop fort. Je ne mens jamais. Encore moins à toi aujourd'hui.

Je ne sais pas si tu t'en es aperçu mais je te tutoie. Quelques pages qu'on voyage ensemble et je te prends déjà pour un ami. L'effet miroir, j'imagine. Je te parle, je me parle, c'est « kif-kif ». Tu n'es pas vexé au moins ? Ne va pas t'imaginer que c'est un manque de respect ou de considération ou je ne sais quoi. C'est juste que je me lâche, je m'apaise, peut-être même que je te fais confiance.

Tu es content ?

Si tu ne reposes pas le livre, je me dis que oui, tu m'encourages. Je continue.

Tout ça a quand même fini par bien m'entamer. Mon bouton magique s'est mis en panne. Ma réserve à moi, mon groupe électrogène. Un endroit particulier sur mon visage où lorsque tu appuies dessus, ça me dessine un sourire à dompter tous les icebergs de la planète. Stoppe la dérive des continents, je souris, on ne bouge plus ! HS le bouton, grippé le sourire, en panne sèche la bonne humeur, plus de carburant la fille.

Faut que je me sorte de là.

Je suis partie à la campagne. En Sologne. Un dimanche de grand soleil. M'aérer. L'espoir au ventre. Les jolies choses ou les grands espaces souvent me donnent des réponses.

Et là, le château a fini de m'achever.

Le château, son parc, ses dépendances, sa rivière immobile et lisse au milieu des bois, sa petite cour, ses quatre-vingt-douze mille pièces, l'espace, le vide, tous les possibles.

Un véritable appel au meurtre ce château.

Les rires d'enfants que j'imaginais en me levant le matin, leur bouche dessinée au Nutella. Une chambre pour chacun, la liberté de vivre en sécurité, aimé et choyé. Les vélos en travers de la route, un bonnet oublié sur une chaise en bois dans le jardin, les cabanes perchées en haut des arbres, une princesse silencieuse assise sur le mur de pierre à l'extrémité du parc pour cacher un soupir, une plainte et la main d'un adulte pour contenir sa détresse et chasser ses nuages. Une accumulation de clichés heureux, fantasmatiques et en bout de course, la tronche amère du propriétaire des lieux, trentenaire riche et malheureux, étouffé par trop d'argent. Pitoyable dans son exil de vie sans rêves. Seul dans son manoir à pleurer sa lassitude.

Mais moi, Monsieur, des rêves, j'en ai. Pour deux, pour dix, pour trente gamins. Qu'il me le donne son château qui lui pèse tant. J'ai l'air de n'être qu'un « Point » mais qui sait, avec d'autres, ce qu'un « Point » peut accomplir.

Il n'a pas voulu.

Le mesquin !

Le lendemain, j'ai repris le chemin de l'école via le métro. J'ai descendu les marches de la station Gare de l'Est, place du 11 Novembre 1918, mes sens exacerbés au possible. J'ai glissé mon arête épineuse dans la boîte à sardines et j'ai cru que j'allais pleurer.

Comment ne pas devenir dingue ?

Tous les jours, pendant des mois, des années, se mélanger ainsi, l'arête piquée dans la chair, mêlée aux huiles usées des autres sardines, et s'en extraire sans aucun stigmate. Foutaise !

Place du 11 Novembre 1918, grand jour d'armistice, j'allais devoir, une fois encore, pointer au purgatoire.

Evidemment, avant tout cela, le château, le sourire en berne, la sardine confite, l'amnésie, le « boulot-prison », y'a eu tout le reste. Toutes les raisons qui m'ont fait atterrir là où j'en suis de la vie. Cumul d'échecs, remise à niveau, re-cumul d'échecs, patience, compromis, pardon, etc. La litanie commune à tous les « Points » de la terre. Inutile de déballer le paquet, on sait tous à quoi ressemble un parcours de vie.

Des grains de sable qui s'accumulent jour après jour, que tu stockes dans ta besace des « Ce n'est pas grave, passons, faisons avec », que tu sais exponentielle et croit sans limite mais qui, un jour de mauvais vent désintègre le sablier. Et là, c'est la tempête. Le sablier t'explose au visage comme la goutte d'eau fait déborder le verre.

Oui je sais, clichés, poncifs, lieux communs, vérités crues, tellement grotesque tout ça. Ce bouquin en est truffé. Je me répète, je ne suis pas Obama, Sarko, Mandela, Arthaud ni Mère Teresa. Je ne suis qu'un « Point » et toi aussi. Façonnée aux archétypes, moulée dans des schémas ancestraux.

Restons humbles.

Et un tant soit peu lucides.

Parce que même s'il existe des « Points » qui s'en sortent mieux que d'autres, je dis « Attention ». Premièrement, ils ne sont pas si nombreux que ça, gratte un peu, tu verras. Demande-leur de se déshabiller vraiment et tu t'apercevras qu'à tirer leur épingle du jeu (ou du « Je » ?), ils se sont fait des trous un peu partout. Pour eux, ma théorie du courant d'air est définitivement justifiée.

Deuxièmement, si c'est vrai qu'il en existe vraiment, alors l'andouille qui a écrit qu'on naissait tous libres et égaux n'est qu'un vantard de « Majuscule ». Un gros prétentieux, aveugle et utopiste, élevé au sein du mensonge le plus vicieux de la Terre.

Le jour de la grande distribution, quand les gênes se mettent en osmose, que la Lune se place au dessus de ta tête et que toi, tout petit « Point » embryonnaire, tu reçois ton paquetage de départ - si au même moment, tu zoomes sur tous les paquetages reçus ce jour à travers la planète - tu rigoleras jaune du concept d'égalité. Aucun point de départ n'est comparable, aucune souffrance n'est mesurable.

Des questions, tu n'as pas fini de t'en poser. C'est comme un jardin plein de mauvaises herbes, t'as beau y aller de tes deux mains, les arracher une à une, elles repoussent toujours. Pire que du chiendent !

D'où le « Point-Virgule » qui vient te surprendre de temps en temps. Une sacrée veine, celui-là !

Quand t'en peux plus, que tu as besoin d'une pause, mais que tu ne sais pas laquelle. Tu passes toutes tes questions à la trappe et tu t'offres une trêve. Tu as enfin l'impression de respirer sans qu'aucune masse tordue ne vienne faire pression au-dessus de ta tête.

T'as fait basculer la question, boucle vers le bas, elle se balance et tu respires. L'air circule, il y a comme une grande ouverture, l'espace de tous les possibles.

Merci, mon Dieu !

Tu ouvres de grands yeux plein d'espoir vers la grande immensité. Plus d'entrave. C'est beau toute cette place. Tu es prêt à t'envoler, tu te laisses aspirer, il y a de la place.

Tu te lances, tu t'élances et hop… c'est fini.

La pause est terminée, t'es cloué au sol, un poids mort te tire vers le bas. Espèce de « Point-virgule », muet et lourdaud. C'était juste un répit. Tu n'as pas bougé d'un pouce, t'as cru pouvoir mais non.

Ne me dis pas que t'y as cru.

Si ?

Innocent, va ! Tu forces mon indulgence.

Parce que c'est quoi, au juste, un point virgule dans une vie ?

Soyons sérieux !

Ni plus ni moins qu'un point virgule dans une phrase. Une pirouette d'intellectuel qui veut faire mieux que les autres. On se dit, c'est un bon lui, capable de poser une ponctuation aussi inconfortable et ardue. Vraiment fort le type. Et moi je crie : espèce de Majuscule empesée. Contente-toi d'une simple Virgule, tu feras plaisir à tout le monde.

Ça a le même temps de répit, c'est vrai quoi, tout juste une respiration un peu plus longue et tu fatigueras moins tes contemporains à comprendre la subtile nuance.

De toute façon, la suite est là qui attend.

Cela ne vous semble pas évident mais on a bien avancé. Mine de rien. Outre ma logorrhée atrabilaire et névrotique, vous en savez un peu plus. Moi aussi. J'ai au moins compris qu'en plus de me poser des tas de questions, j'étais surtout quelqu'un qui se prenait beaucoup la tête. Et qui, de fait, prenais beaucoup la tête aux autres. Ne soyez pas mielleux, vous avez failli le poser ce livre, je le sais. Je l'ai senti.

Il n'est d'ailleurs pas dit, qu'à ce rythme-là, je ne le fasse pas aussi. Parce qu'à la longue, ce petit exercice me fait un mal de chien.

J'en oublie que je suis aussi une fille gaie, capable d'insouciance, spontanée, enthousiaste, pleine d'humour, etc. Oui, je sais, on a du mal à le croire vu le cynisme ambiant mais je vous assure : c'est vrai.

Une fille plutôt jolie, dotée d'un certain charme, passionnée, grande amoureuse, fana de montagne, férue de lecture, avide de partage et pleine de rêves.

Evidemment, aujourd'hui, contexte du sablier pris en compte, je serais plutôt une emmerdeuse (là, je sens bien que la censure éducative va me demander une correction. Pourtant c'est bien ce que je suis, ne soyons pas hypocrites, les enfants ne m'ont pas attendue pour apprendre ce « gros mot », alors appelons un chat, un chat !).

Pour être franche, tout ce grand remue-méninge me fait perdre un peu la tête. Il y a des matins où j'ai beau chercher, je ne veux pas la trouver. Elle n'est jamais loin, gisante dans un creux de l'oreiller, enfouie dans ses replis. Merci le poids mort. Je ne vous raconte pas l'imbroglio que c'est de la remettre sur mes épaules et de la faire tenir droite. Y a un tel foutoir à l'intérieur. J'y vais pourtant lentement, mais à chaque fois, c'est l'horreur. Migraine diabolique assurée.

Pas la moindre herbe folle en vue qui puisse m'inspirer le repos. Pas le moindre soupçon d'être devenue une chaise, une table ou un quelconque meuble capable de servir sans penser. Aussitôt je me mets à penser que la punition serait de devenir une terrasse de café, obligée de supporter les discours des uns, les plaintes des autres, griffée de leurs souvenirs et de leurs fantasmes les plus grossiers. À contempler le ciel avec la furieuse envie de me transformer en oiseau. Un oiseau avec de grandes ailes. En migration vers le printemps.

Horizons vastes et sans frontières.

De l'espace.

Une autre définition de moi, ce besoin d'espace. Une véritable obsession. Dès que je me sens à l'étroit, que j'aspire l'air avec difficulté, que je suis gênée aux encoignures, j'en appelle à l'Espace.

Vite de l'air, vite du vent. Chassons le trop plein. Il faut faire de la place.

Créer du vide aux alentours.

Première étape : la maison, mes placards.

Je trie, je range, je lave, je jette. Vive les sacs poubelles, les bennes à ordures, les aspirateurs, les swiffeurs et autres produits ménagers. Et « Merci » aux SDF. Capables de soulager ma conscience en s'habillant de ma déchéance.

Deuxième étape : mon corps.

Épilation, manucure, coiffeur. Masque à l'argile, crème de soin, coupe-ongles. Mascara, parfum, bijoux. Ne jamais se fier aux apparences. Quand une femme paraît si pimpante, c'est qu'elle vient de subir un gros choc. Le contrecoup n'est jamais loin.

Troisième étape : mon agenda, mon portable.

Je biffe, j'annule, j'efface. Inutile de garder en mémoire ce qui est passé. Je ne suis pas forcément quelqu'un de rancunier. Plutôt quelqu'un de définitif. Quand c'est passé, c'est trépassé. Pas la peine d'y revenir. Si je veux pouvoir accueillir le présent, il ne faut pas que mes valises soient trop pleines. Les « au cas où », « oui mais », les « si, on ne sait jamais » nourrissent de faux espoirs, entretiennent des leurres, empêchent de prendre la mesure de ce qui s'annonce déjà.

Serait-ce qu'on a la trouille de vivre ?

Oui, je sais, c'est difficile de lâcher des acquis pour du vent, du vide, de l'espace où personne encore n'est venu prendre la place. C'est même flippant et totalement déstabilisant. Alors, soyons basiques, juste une fois. On n'a faim que si on a le ventre vide. Digestion oblige, ménage intestinal avoué.

Toute notre vie n'est qu'une lutte pour apprendre le « lâcher prise ». Accepter l'évidence que des forces supérieures ou tout simplement terre à terre nous gouvernent.

Un peu simplettes mes théories. Pas vraiment novatrices. J'assume encore. Quand tout est compliqué, il faut revenir aux choses les plus simples. Vérifie avant de me croire. De toute façon, on se retrouve au prochain salon du livre. Tu pourras toujours me contredire.

Si tu as mieux dans ta besace, je suis preneuse. J'ai des théories certes mais je ne suis pas butée. Au contraire ! S'il existe une clé qui ouvre mes portes, je suis prête à peu près à n'importe quoi pour l'obtenir.

Mon but après m'être sortie du bourbier où je me trouve, c'est d'éviter d'y retourner.

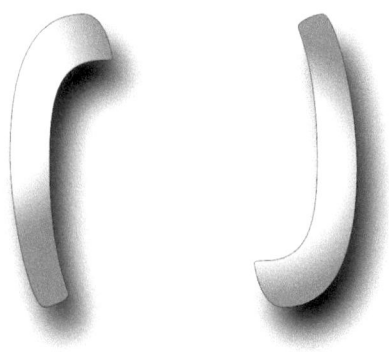

Et là, permets-moi d'ouvrir une parenthèse. Et même plusieurs. La vie c'est aussi ça. Des tas de parenthèses. De toutes sortes. Plus ou moins longues. Des espaces clos où se nichent les secrets intimes, les raisons profondes, les commentaires intérieurs qui expliquent le pourquoi du comment. Que l'on avoue rarement.

J'espère que tu te souviens de ce que j'ai écrit dans les premières pages sinon tu es bon pour tout relire depuis le début (tant pis pour toi, je t'avais prévenu).

Non je plaisante. Et je te donne un indice. Page 25, paragraphe 2. Garde-le en mémoire un instant, j'ai encore à faire une parenthèse dans la parenthèse. Cela arrive souvent. Une parenthèse, ça a la logique d'une poupée russe. Mais bon, je vais essayer de faire court.

Je t'aide parce que j'ai pas du tout envie que tu me lâches. Mais alors, carrément pas. Tu es même un « Point » crucial dans ma finalité du « Qui suis-je ? ». Ce bouquin, j'ai pour ambition de le vendre à quelques millions d'exemplaires. Je compte bien le voir sur tous les rayonnages de librairie, dans toutes les bibliothèques dignes de ce nom, dans toutes les églises et les lycées du monde. Je suppute qu'il puisse me rapporter un maximum d'argent. Et pour ça j'ai besoin de toi, de ton assentiment, de ton enthousiasme. J'ai besoin que tu ne me lâches pas en cours de route. Même si je te houspille un peu, faut pas que je te flagelle de trop.

Et donc je t'aide : Page 25, paragraphe 2, on va y venir…

J'ai un château à acheter et des gamins à rendre heureux. Y'a un projet là-dessous, un vrai, un Grand. Ce livre n'est pas juste une digression nombriliste d'occidentale mal embouchée.

Si tu crois que ça me plaît de me déshabiller ainsi, c'est que tu n'as pas encore compris qui je suis. Sache que je ne fais jamais rien pour rien.

Personne d'ailleurs, si on veut être honnête - dès le début, on a dit qu'on le serait - ne fait jamais rien pour rien. Même Mère Teresa trouve son compte en sacrifiant sa vie aux plus démunis. Spiderman, n'en parlons pas !

Je le fais parce que c'est la seule solution que j'ai trouvée. Et des solutions, j'en ai cherchées. Crois-moi. Je n'ai pas fait que l'attendre mon « Qui suis-je ? ».

J'ai même grimpé le Kilimandjaro et touché du nez les cieux himalayens pour ça. Oui mon ami, avec mes petites pattes, les tripes à l'envers, mon CO_2 tout chamboulé. J'ai lu tout Alexandra David Neel, Allan Kardec et même Coelho. J'ai prié Saint Antoine de Padoue parce qu'on m'avait dit qu'il retrouvait tout. J'ai arrêté de fumer pour sortir de ma nébuleuse. Avalé tous les antivirus métaphysiques et existentiels de mon Docteur Tête. Tenté la capoeira, la chorale, les claquettes. Fait du bénévolat, pointé au RMI, dit plus souvent « Oui » à tout que « Non merci, ce n'est pas pour moi ».

Et puis, surtout, j'ai fait « Mille et Un » boulots dans ma vie. Promis, juré, craché, je ne mens pas. J'ai presque tout essayé. Dans tous les sens. Aujourd'hui encore, tu vois où j'en suis ? En équilibre sur le fil du rasoir, entre enfermement psychotique et/ou psychodrame.

Le mur est proche et mon « Qui suis-je ? » répétitif.

A ce stade, il devient évident qu'il ne me reste plus que le « Un » boulot restant, le seul qui m'ait beaucoup coûté et encore jamais rien rapporté, la dernière chance : Ecrire.

T'écrire !

En réalité, la seule chose que je sache faire vraiment.

Bien ou pas bien, là n'est pas la question. Il y a longtemps que j'ai cessé de me juger. D'autres s'en chargent pour moi !

Je suis d'ailleurs assez confiante sur ta propre compétence à prendre le relais.

Ecrire, comme une nécessité primaire autant que boire ou manger. Sans arrêt, quelque soit l'heure ou le temps qu'il fait.

Instinctivement, sans calcul et de façon inconditionnelle. Même pas par vocation. Juste par évidence. Action - réaction !

J'écris, je note, je formule. Tout, n'importe quoi, la moindre anecdote, le plus petit sentiment. Une pulsion quasi organique. Il suffit juste que mon regard se pose, que mon oreille entende, que ma main saisisse ou que mon ventre ressente et ma tête se met en branle, le verbe rebondit, un protagoniste apparaît, l'histoire se (re)crée. Le plaisir monte, mes ovaires se contractent, je tiens quelque chose, quelque chose me tient, ça fourmille au centre, je frissonne, j'halète, j'exulte et parfois même je jouis. Littéralement. De la tête aux pieds. Je me sens apaisée, je suis heureuse, repue et de nouveau confiante. Comme une jeune mère qui viendrait d'accoucher, pleine encore de l'enfant qui ne lui appartient plus. À qui elle a donné vie.

J'ai créé… en un mot, j'ai vécu.

Tu vois comme je compte sur toi. Comme je te fais confiance. Souci de transparence ou de vérité. Peut-être ?

Un « Qui suis-je ? » se doit d'être sans concession. Garde en mémoire que c'est pour le château et les gosses. Mon dernier rêve.

Je te fais une dernière parenthèse et après, promis, j'en viens à l'essentiel. J'avais prévenu du caractère emboîté des parenthèses !

Un matin au réveil, il y a quelques années maintenant, au moins vingt-cinq ans, j'ai découvert deux choses.

La première c'est que la vie telle qu'on me la présentait « métro, boulot, dodo » m'ennuyait profondément (euphémisme frontal et sans appel qu'aucun job n'a pu démentir).

La seconde, c'est que pour échapper à cet ennui incommensurable (j'insiste mais suis pourtant encore en dessous de la vérité), j'allais devoir trouver des compensations. Pour sortir de cette vie trop statique, programmée, linéaire, rassurante… j'allais devoir voyager.

Et ce, de toutes les façons possibles. Dans ma tête, mon corps, mon cœur. J'ai beaucoup lu, ce qui m'a donné envie « d'Ecrire ». J'aimais « Marcher », ce qui m'a donné envie de partir. J'ai rencontré l'amour, ce qui m'a donné envie « d'Aimer ».

Je fais court et délié, je sais que tu t'impatientes.

En trois lettres : E. M. A, j'avais trouvé l'échappatoire à mon ennui.

Ecrire, Marcher, Aimer rassemblait tous les voyages possibles et inimaginables. Un tiercé gagnant qui, mis dans l'ordre, reconsidérait le concept d'AME.

Mon âme.

N'y vois aucune prétention, je suis sûre de ne pas être la seule à avoir fait cette trouvaille. En tout cas, ça ne m'a plus quittée. Les mille et Un boulots ont toujours justifié cette équation originelle.

Jusqu'à aujourd'hui.

Aujourd'hui, je n'en peux plus. Comme beaucoup de « Points » errants, et donc en quête, je n'arrive pas à me résigner. J'ai envie d'ouvrir tout ce que j'ai mis en parenthèse de ma vie. Tout ce qui m'a fait patienter et tenir le coup. Page 25, paragraphe 2, ligne 2/3…, tu vois que tu peux me faire confiance.

On y revient toujours… l'Amour.

Cette bulle de bonheur au milieu de ce chtonien capharnaüm. (J'adore l'idée de ces mots concomitants... à la limite de l'imprononçable). Cette parenthèse dans une vie où l'on se sent enfin accompli, entier, reconnu, plus du tout dans un état de petit « Point » désespéré.

Je dis bien cette parenthèse parce que je connais peu de gens, vraiment peu de gens - j'en ai croisé quand même pas mal en quarante ans - pour qui les parenthèses se sont vraiment ouvertes. Des qui font semblant, qui miment, se résignent oui mais les autres. Au-delà des premiers mois passionnels, qu'est-ce qui reste ?

J'imagine que tu lis le journal ou, au pire, que tu regardes la télévision. Alors dis-moi.

Qu'est-ce qui pousse une jeune fille de dix ans à se jeter du 14ème étage ?

Comment une mère arrive-t-elle à balancer son bébé à l'eau, le cordon ombilical sanguinolent ?

Pourquoi des adolescents braquent-ils des superettes, visionnent des pornos, séquestrent leur prof, violent leur camarade de classe ?

Qui sont ces adultes que l'on retrouve dormant en pleine rue ? Ceux accoudés au comptoir dès 8h du matin devant une bière ?

Ces femmes grillant cigarette sur cigarette devant une bouteille de blanc le soir quand toutes les portes se sont refermées ?

Ces hommes qui carburent aux pilules chaque matin avant d'enfiler leur costume de patron performant ?

Ces mamies que l'on croise un caniche en bout de laisse en les appelant désespérément mon bébé ?

N'ont-ils jamais connu ne serait-ce qu'une parenthèse de bonheur ? Et même si ! Qui sait comment elle s'est refermée sur eux pour qu'ils broient ainsi leur vie au travers de celles des autres.

Je vais t'avouer une chose encore. Si aujourd'hui, l'amour de ma vie se pointait, je suis à peu près sûre que ma première réaction serait de l'engueuler.

Je me vois bien, mon fil tendu comme un arc de compétition, ma tête toute percée du manque, remplie de deuil, prête à tirer les flèches de mon mécontentement :

« Mais t'étais où ? Hein dis-moi, qu'est-ce que tu as fait pendant toutes ces années ? Explique-moi ? Tu crois que parce que t'arrives, là, maintenant, frais et dispos, je vais te tomber dans les bras ? Tu rêves mon amour, t'as vu trop de films à la télé. Tu crois que je vais te suivre comme ça, pour tes beaux yeux et tes promesses qui empestent les phéromones alors que je ne sais même plus qui je suis ?

Sais-tu comme la nuance est fourbe ou ténue ou les deux entre le « je suis » du verbe être et le « je suis » du verbe suivre. Parce que si je ne sais plus qui je suis, je risque de me perdre en suivant n'importe qui. Et toi en l'occurrence.

Et avant de repérer que t'es l'amour de ma vie, va falloir des panneaux indicateurs plus gros que ma méfiance. Méfiance tellement énorme que je n'y vois pas à cent mètres, tout juste la pointe de mes chaussures. Va falloir un parcours sans faute, tout balisé de feux verts, d'arc-en-ciel et de « oui » sans aucun « mais ».

Parce que je vais te dire, les princes charmants, ça n'existe pas. Et les princesses non plus. Dans notre monde d'aujourd'hui, y'a plus que des petits « Points » qui s'en sont pris plein le faciès (je me force au synonyme, je préviens la censure mais tu as bien lu ce que j'ai pensé) et qui, gavés d'errance et de mauvais traitements, sont pétris de peurs et d'exigences. Pour forcer leur armure, un baiser à la rosée du matin ne suffit plus. Un Skuld non plus, d'ailleurs !

Entre les deux, tout est à réinventer chaque jour. Une recette improbable faite de patience, d'humilité, de remise en question, de recul, de patience encore, de confiance en soi, d'abnégation, d'ouverture…

Pas vraiment à la mode du siècle tout ça.

Un vrai parcours du combattant !

Evidemment il y a des alternatives. Des magies ancestrales, des incantations légendaires, des recettes de grand-mère.

Je pourrais par exemple porter en permanence une labradorite. Cette petite pierre grise (composé chimique d'aluminosilicate de sodium et de calcium, tout un poème !) plus ou moins foncée avec des irisations souvent dominées par le bleu. Paraît qu'elle augmente le charme et le pouvoir de séduction, qu'elle absorbe les énergies négatives et repose lors de grandes fatigues physiques et intellectuelles. Incroyable non ? Le seul hic - y'en a toujours un qui traîne, c'est comme les mais, sont fait pour ça - c'est qu'on ne la trouve pas partout. Australie, Madagascar, Mexique, Etats-Unis, Russie… un peu loin mais pas impossible. Parce que bien sûr, inutile de croire qu'on peut se satisfaire d'un ersatz importé.

Ou bien, là c'est futé mais plus compliqué, je peux déposer la bague de mon âme sœur pendant 9 jours consécutifs dans un nid d'hirondelle. Fidélité garantie, amour éternel certifié. A Paris c'est ambitieux mais cela reste faisable.

Dans le genre trivial, sorcellerie moyenâgeuse, il existe aussi une recette à base de cœur de colombe, foie de passereau, matrice d'hirondelle (encore !) et de rognons de lièvre. A réduire en poudre impalpable mêlée de mon sang séché puis pulvérisé. Faut juste que je ne sois pas écœurée avant la fin et que je puisse lui faire avaler dès les premiers émois, accompagnée d'une bonne bouteille de vin bien entamée voire carrément vidée.

Merci l'ambiance, très peu pour moi !

Je panique déjà à la moindre évocation d'un Sparadrap qui, lorsqu'on l'ôte, arrache les poils, un peu de chair et quelques larmes, alors les recettes où l'on s'arrache trois poils du pubis et de dessous l'aisselle gauche pour ensuite les faire brûler, je n'ose même pas y penser. Si cela t'amuse, surfe sur Internet mais, moi, franchement, je passe mon tour et je me contente de parenthèses. Amours éphémères, de un à cinq ans, c'est toujours bon à prendre !

Dans les intervalles, plus ou moins longs, je mange du chocolat, des bonbons, des gâteaux, je picole, je me fais plaisir. Résultat je grossis. Je me retrouve avec de bonnes joues, le triceps un peu mou… Y'a un prix pour tout !

Hors parenthèses, la vie est somme toute banale pour le commun des « Points ». On peut s'en réjouir chaque jour mais on ne peut en faire une fête à chaque instant. On n'est pas des clowns non plus (sans compter qu'ils sont tristes le plus souvent !). Trop de choses rentrent en ligne de compte : les lunes, les saisons, les humeurs, le vieillissement, les hormones, les accidents de parcours, etc. Il faut bien garder en tête que, passé le feu d'artifice de tout nouvel enthousiasme, la vie simple et sans fard reprend ses droits.

Et qui aime vraiment ça ? Qui s'en contente ? On est trop affamé de tout pour s'en satisfaire. Un paysan du pays dogon ou un rescapé de Katarina te feront relativiser certes. Mais pour combien de temps ? Là aussi ce ne sont que des parenthèses. Des parenthèses que tu refermes bien vite sinon comment te concentrer sur ton propre chemin ?

Justement, revenons à la genèse de mon « Qui suis-je ? ». On est là pour ça non ?

Je ronchonne, je m'énerve cependant j'espère que de ton côté, t'as fait autant de pauses que j'ai mis de temps à écrire ce livre et que, loin de te contenter de mes réponses, tu en sais un peu plus de « Qui tu es ». Rappelle-toi notre rendez-vous au prochain salon du livre. Même si je t'apporte des éléments de réponse et toi une poignée d'euros, on a tout de même deux trois choses à se dire là-bas.

Une fois encore, je prends les devants, il paraît essentiel que je te livre certains détails pour être tout à fait quitte. Ce ne sont que des parenthèses de caractère mais tout de même tu y as droit.

On dit de moi que je ne fais pas mon âge - souvent on me compte même cinq ans de moins - que j'ai le teint frais et l'œil malicieux, l'allure fringante et le pas décidé. Un rire en cascade, un sourire enjôleur, une douceur palpable, une androgynéité attirante et des cheveux poivres et sels magnifiques.

Il faut bien qu'à un endroit précis se vérifie le gris des chagrins. J'ai compté, au moins 75% de ma chevelure. J'ai essayé de couper ras, sans effet. Ça repousse toujours. Comme des blessures sur lesquelles ma mémoire s'est brisée mais dont je sais qu'elles sont là, inscrites et qu'il faudra bien que je fasse avec. Comme une sorte de second pouls qui, certains soirs, sans prévenir, cognera toujours trop fort.

On pense aussi souvent que je suis une originale, indisciplinée et contrastée, moitié chausson rose moitié chausson bleu et donc certainement pas les deux pieds dans le même sabot. Une légende d'artiste rebelle doublée d'un Donjuanisme facile et immature.

Les clichés et les raccourcis ont la vie dure. Je me dois de rétablir la vérité, aussi cruelle et misérable soit-elle. Un « Qui suis-je ? » n'est pas un « Parais-je». Bou, que c'est pas beau ! Je suis bien plus binaire, tant pis pour ma réputation. Adieu Princesse. Bienvenue Mal barrée.

Et donc…

Je suis pilotée sur le fuseau horaire d'une poule. Je me lève aux aurores et baille au premier chien-loup du soir.

Je déteste les soirées enfumées et enivrées, la musique qui fait du bruit, Facebook et les IPod.

Je n'ai ni la radio, ni la télé, et écoute en boucle de la chanson française. Quand je ne me perds pas aux confins des concerts de silence.

Je traverse rarement sur les passages piétons, je brûle les feux rouges et roule à vélo sur les trottoirs.

Je repère assez vite les travers de mes contemporains et prends un malin plaisir à poser le doigt dessus.

Je peux être jalouse et possessive, de mauvaise foi et boudeuse.

Je ne parle pas plus que ce que j'ai à dire, ce qui va du silence le plus plombant à la logorrhée la plus dithyrambique.

Je déteste la lâcheté. Non que je sois ultra vaillante mais parce que je crois aux erreurs et aux pardons.

J'ai une hygiène de vie quasi basique à base de pommes-de-terre et de pâtes, d'eau et de jus de pamplemousse. Doublée d'une gourmandise aigüe pour le guacamole et le vin liquoreux.

J'ai une sainte horreur des « Ex » qui s'avèrent souvent plus possessives et jalouses que moi.

Je hais les comparaisons et j'exècre le mensonge.

Je suis d'une naïveté sans nom et paradoxalement d'une méfiance quasi paranoïaque.

J'adore le bleu, le noir et le vert, suis sensible aux couleurs d'automne et me méfie des nuances de tons incapables de se prononcer.

Sinon j'ai quelques rituels bizarres :

Je lis l'horoscope chaque jour comme un rêve de nécessité, en me traitant de crétine et en sachant très bien à quel point c'est du bluff.

Je retourne ma tasse de café noir tous les matins à la première heure. J'y vois souvent des formes, ça me rassure de savoir qu'il va donc se passer quelque chose même si je ne sais pas quoi.

Toujours cette fichue peur de l'ennui !

Je n'ai jamais de papier d'identité sur moi.

Ni de sac à main.

J'adore avoir les mains libres et le corps délesté. Rouler la nuit en vélo dans Paris, marcher le jour en pleine campagne.

Je crois à l'harmonie des sphères, au pouvoir de l'esprit sur le corps (« Le Pouvoir de Choisir » d'Annie Marquier, ma première Bible à 30 ans, si tu le trouves encore, dépenses ta fortune, vends ta voiture, ton chien, tes bijoux, tu y gagneras au centuple).

Et à la réincarnation.

Je suis entière, exigeante, exclusive autant que modérée, compréhensive et indépendante. Paradoxe quand tu nous tiens !

Somme toute, « Rien d'autre » qu'un « Point banal » avec quelques originalités différentielles. Finalement plutôt malléable.

Comme je me pose beaucoup de questions sans connaître de réponse définitive, je suis prête à tout. J'adore les défis physiques, les challenges amoureux, les jeux d'esprits. Toutes parenthèses qui viennent bousculer la routine.

Ces dernières années, j'ai assez bien dompté le « trip voyage » en traversant quelques pays et en rivalisant avec les hauts sommets. D'ici la fin de ma vie - que j'imagine centenaire - j'espère bien faire le tour de la planète.

J'ai maté la page blanche en pondant (le matin surtout, comme les poules…) quelques milliers de lignes, lues par un comité restreint mais attentionné. Suis assez loin d'avoir écrit mon dernier mot. Va falloir supporter mon audace encore un peu !

Pour ce qui est de l'excursion aux frontières de l'Amour, là, c'est plus alambiqué.

Tu t'en doutais !

Et surtout plus intime.

Faut-il que je me déshabille à ce point ? T'avouer que l'essentiel de mon « Qui suis-je ? » découle aussi de ma dernière désastreuse parenthèse amoureuse ?

Allez, ne sois pas méchamment curieux. Toutes les histoires d'amour se ressemblent. Tomber amoureux n'est pas ce qui fait le plus mal. Au contraire, même. Tant qu'on est à l'horizontale et que le corps exulte, tout va bien.

Le vrai défi, c'est de se relever ensemble et de recommencer à marcher. Sans se cogner à la parenthèse !

Arriver au contraire à la dérouler, à ce qu'elle glisse vers le sol et fasse un chemin, sans limite de temps ou d'espace.

Arriver à ce qu'elle ne se redresse pas à la première rafale de vent, aux premières neiges et aux premières gelures de l'hiver.

Lui donner le temps de s'aplanir sous les pas incertains, les tâtonnements maladroits, les ombres du passé.

Faire en sorte qu'elle ne se hérisse pas aux revers du quotidien et se dresse tel un mur hostile et muet aux premiers mots mal prononcés.

Lui garder sa capacité de se relever comme on relève un col de manteau, juste pour se protéger.

L'encourager à se dérouler en caressant ses courbes, en nivelant ses aspérités.

Lui donner une chance de se reposer enfin, alanguie et sensuelle en n'oubliant jamais le droit inaliénable qu'elle a de se refermer.

Tout ce qu'en somme j'ai lamentablement loupé ces dernières années. Et ce, pour une raison simple et dérisoire : c'est que je ne savais pas encore ce que je sais à présent. Je ne m'étais encore jamais cogné à des parenthèses comme celles-là.

Crois-moi sur parole, si une parenthèse droite a la souplesse d'un roseau quand elle s'ouvre, la gauche peut aussi avoir la force du diable quand elle se referme.

Je vais prendre une image toute simple pour te l'expliquer.

Imagine une femme (en l'occurrence moi) à qui l'on offre un cadeau. Un très beau et très gros présent (serait-ce l'Amour ?). Enrobé de papier soyeux, noué d'un ruban délicat. Un cadeau comme elle a pu en rêver mille fois en se disant qu'il la comblerait au-delà de toute espérance. Elle le reçoit un jour où elle ne l'espérait plus. Il est là, entre ses mains, magnifique et plein de promesses.

Elle commence par en faire le tour, timidement. Elle le regarde l'œil humide, l'émotion à fleur de peau, le cœur battant la chamade, saisie tout d'un coup par la peur de voir enfin son vœu réalisé.

Elle lisse son beau papier, caresse son ruban, pose son oreille contre son flan, essayant aussi maladroitement que possible de faire taire l'écho de son impatience.

Elle ne cherche pas à l'ouvrir tout de suite. Au fond elle sait ce qu'il contient, le bonheur qu'il lui réserve. Elle s'en repait à croire simplement qu'il soit à elle et que le temps venu, elle pourra en goûter toute la profondeur.

Le temps qu'elle donne à lui tourner autour, à câliner ses courbes, à effleurer son ruban passe dans une sorte de magie féerique. Elle est subjuguée. Simultanément tétanisée. C'est qu'il y eu beaucoup d'attente avant ce cadeau. Beaucoup de déceptions, beaucoup d'autres cadeaux qui n'étaient pas celui-là mais qui voulaient le faire croire.

Elle commence à douter. Elle ne veut toujours pas l'ouvrir mais tout de même voudrait bien vérifier sa valeur. Les peurs ont remplacé son premier élan de joie naïf. Elle ne croit plus autant à la chance qu'elle a. Ce cadeau a déjà appartenu à quelqu'un d'autre. Qui sait comment il a été aimé ou malaimé ? Qui sait ce qu'il contient qui ne lui appartient pas et dont elle ne veut pas hériter ?

Alors avant de l'ouvrir tout à fait, elle cherche à le percer à jour. Au départ elle le secoue timidement, elle pense qu'à l'agiter près de son oreille, elle va reconnaître un bruit indicateur. Elle le tâte sur toute la surface, elle voudrait reconnaître sa forme. Mais le cadeau est dans une boîte qui ne dit rien, caché par un papier épais et noué d'un ruban plus serré qu'elle ne l'avait cru.

Le cadeau, à trop se faire secouer, a tiré sur sa boucle libératrice. Tiré si fort qu'un nœud le remplace. Un nœud qui se resserre à mesure que la femme secoue son cadeau. Le bonheur qu'il contient reste enfermé. A force d'agitations et de gestes maladroits, il se cogne aux parois de sa boîte, se blesse, se brise. Quant à bout d'impatience, la femme tranche enfin le nœud alors qu'il aurait juste fallu défaire la boucle et qu'elle ouvre la boîte, le cadeau n'est plus là. Il s'est enfui. Emmenant tout le bonheur avec lui et les rêves et les espoirs. La parenthèse s'est brutalement relevée comme une porte se claque. Le mur est sans appel.

La femme s'écroule alors en silence avec cette question au travers de la gorge, muette et démoniaque : « Mais qui suis-je ? Qui suis-je pour avoir fait cela ? ».

Pathétique, non ?

J'imagine que tu attendais de moi une belle histoire, ou d'autres réponses, des schémas préétablis, un manuel en dix points, des détails croustillants ou une clé quasi universelle.

Hélas ! Trois fois hélas ! Je n'en ai pas. Je t'avais prévenu. Si, si rappelle-toi bien, page 22, paragraphe 3. Même si cela y ressemble, on n'est pas dans le « Petit traité de toutes vérités de l'existence » de

Fred Vargas. Je n'ai pas son génie ni sa grande sagesse ! Mes paraboles sont vaporeuses, insaisissables. Romantiques et désuètes. Utopistes et timides. Ce que je suis aussi au fond, probablement.

Je le découvre avec toi, sans fausse pudeur et en toute humilité.

L'un de mes amis dit souvent que c'est dans les détails que gît le diable, que naissent les grains de sable, que grossit la sablière et que finit par exploser la colère. Qu'on se perd souvent à décortiquer lettre après lettre le sens de sa vie. Et qu'ainsi on perd de vue le sujet même de notre raison d'avancer.

C'est pourquoi je ne te parle pas de sueur et de courage, de tous ces pas posés les uns après les autres que tu pourrais vouloir suivre et qui pourtant ne seront jamais tiens.

C'est pourquoi je tais les heures passées au fond de nuits profondes et ténébreuses, les larmes amères et la liste émétique des « Je n'aurai pas dû ».

C'est pourquoi j'ai l'air de tout livrer sans rien énoncer de concret, ni l'heure du premier soubresaut, ni le lieu du premier engagement, ni le geste précis

que tu devras exécuter à l'amorce de ton propre
« Qui suis-je ? ».

On le sait toujours lorsque quelque chose se
termine, qu'un cycle s'achève, qu'une porte se
ferme, qu'un chemin bifurque. On le ressent
d'emblée quand quelque chose craque.

Un vide se creuse qui est appel, qui est gouffre.

Aucun sentiment majeur, ni colère ni souffrance
sur quoi se tenir.

Rien qu'un état latent, une sorte de ballotement,
sans ancrage, ni certitude.

Allers-retours de pensées qui ne trouvent pas
place.

Pas de peurs mais un temps que l'on sait coincé
entre l'hier et l'aujourd'hui, no man's land irréel et
sans réponses.

C'est le propre d'un « Qui suis-je ? ».

Intérieur, circonspect, silencieux.

Insoupçonné, étonnant, novateur.

Campé sur des certitudes qui s'étiolent au fil des
réponses.

Jamais figé. Surpris par lui-même.

En perte de repères mais truffé de nouvelles envies à naître.

Fourbu de peurs et cependant bourré d'espoirs.

Nourri par des milliers de petits « Points » comme un prolongement démultiplié de son état initial…

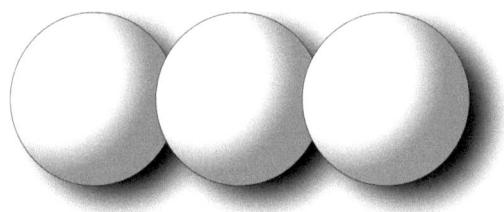

Trois petits points et puis s'en vont…

Le propre de la rêverie à la frontière de la chimère, proches des abîmes de l'illusion et pourtant si nécessaires…

De toutes les ponctuations qui viennent baliser mon chemin (et tu as vu comme elles sont glorieuses !), celle où tu me surprendras le plus souvent, un stylo à la main, le sourire niais aux lèvres, les yeux enfiévrés et la jambe qui trépigne… c'est quand je rêve…

Quand une situation engage des tas de possibles.

Quand les « Trois Petits Points » gorgés de ressources prometteuses viennent :

Remplacer la finalité brutale du Point

Alléger la curiosité prise de tête du Point d'Interrogation

Minimiser la vanité éphémère du Point-Virgule

Emanciper la banalité déconcertante de la Virgule

Ouvrir la magie trop cloisonnée des Parenthèses

Taire l'arrogance de la Majuscule

Et…

Sourire aux étonnements malicieux du Point d'Exclamation comme aux sous-entendus de connivence des Guillemets.

Tu crois que je les avais oubliés ceux-là, mais non c'est juste qu'ils sont plus aériens, dispersés, surprenants.

Quel que soit mon état de « Point », c'en est truffé à chaque coin de page, si, si regarde bien...

Quand sur le grand livre de ma vie, là où s'écrivent mes histoires les plus belles et mes expériences les plus sordides, je me permets enfin de retirer toutes les ponctuations - balises grossières et castratrices, tu as vu à quel point ! - et qu'à la place j'imagine trois Petits Points (version 3D du Point tout court), je peux enfin rêver.

Visualiser mon existence comme je voudrais qu'elle soit… rêves après rêves… et concevoir un monde où entre chaque envie, chaque geste, chaque mot, existerait du temps, des possibles et des perspectives. C'est toujours ainsi que le voyage commence et que les paysages défilent…

… des aurores sans réveil matin… une première clope sans culpabilité… un café sans compter les minutes… une boîte à sardines truffée de sirènes… un boulot choisi… des collègues qui seraient des amis… un chef étêté… de la responsabilité en remplacement de la discipline… du temps libre… des rires… de la légèreté… des mots enivrants… de l'alcool sans addiction… des aéroports bondés d'humains curieux… du soleil... de la lumière… des espaces vides… des espaces verts… de l'amour… jamais loin… à portée de cœur… sans peur… et sans reproche… sans alibi… et sans gilet de sauvetage… un bouquet de fleurs... des jardins… des fleuves… une pensée à chaque occasion… un coup de fil pour rien… une lettre pour faire voyager les sentiments tus… un regard pour dire « je t'aime »… des violences contenues... des jalousies réfléchies... un cimetière de mots barbares abandonnés aux rongeurs, prisonniers de l'oubli... un regard qui passe... une promesse filigrane... le souvenir du premier baiser qui donne envie de recommencer... de ne pas abandonner... quand la banalité creuse les rides et dessèche le sentiment... des projets au présent qui dynamisent l'avenir et préparent le voyage... main dans la main... une roue qui tourne sans cesse... comme la terre autour du soleil et favorise le développement... l'élévation, le grandissement... des concerts de silences... et des mots sans bruit... des espaces jeux et Je... des cieux ouverts... des paquetages naissances équilibrés... avec une surprise dedans, chouette, le mode d'emploi... du temps devant soi... et de la confiance en soi... des rêves pour tous... et des chances... des mains tendues pour les réaliser... partage sans rivalité... donner pour donner...

Oui je suis utopiste, limite immature (ça fait deux fois qu'on le vérifie !), mais pour faire front, as-tu trouvé mieux que le rêve, toi ?

A part de démonter l'esprit à coup de réalité ostentatoire, allez, dis-moi que tu ne pars en vrille aussi, beaucoup.   Rassure-moi. Même si tes rêves sont plus prosaïques, soulage-moi.

Là, je te fais dans l'idéal, je vois grand et large, je ratisse à l'échelle terrestre mais je peux être tout à fait humaine, centrée sur mon infortuné « Point » et tu sais ce que ça donnerait ?

À peu près la même chose. Dans un espace plus petit et un temps moins long.

…un château en province… des rires d'enfants, pas les miens c'est trop tard mais ceux qui n'ont personne… qu'on abandonne, qu'on échange, qu'on maltraite… mon amour à mes côtés… des mots pour tout dire… du temps qui passe… et des envies qui naissent…. des territoires inconnus… des corps à corps et des cœur à cœur…   le sentiment d'appartenance et d'unité… une chaîne de « Points » qui prennent appui les uns sur les autres… pour ne pas mourir seul et souffrir en apnée…

Merde (désolée le contrôle parental mais c'est dans le dictionnaire), après tout, ça devrait être ça la

Vie… l'Amour… pas cette misère ambiante où seuls quelques uns tirent leur épingle du jeu et ne me dis pas que j'ai à te convaincre, tu vas réveiller mon ulcère. Ne me dis pas que quelque part, là, caché à l'intérieur de toi, abandonné à l'enfance, enfoui par les années, blindé par un cynisme désenchanté et un masque adulte de circonstance, tu ne conçois pas des rêves de midinettes, des soupirs de désespoir, des utopiques château en Espagne et des envies de tout foutre en l'air.

Ne me dis pas que c'est toujours un autre que je croise aux files d'attente pour obtenir une dédicace.

Que ce n'est pas toi que je vois les yeux brouillés dans les salles obscures de cinéma quand un happy end laisse espérer une fin heureuse.

Qui achète le premier ballon à son fils en lui promettant une fin de partie gagnante ?

Qui appelle « ma Princesse » sa première petite fille ?

Qui encore croise les doigts à son premier rendez-vous, fait un vœu devant une étoile filante, se béatifie devant un arc-en-ciel ?

Toujours pas toi ?

Qui a peur de ne pas réussir, de ne pas être à la hauteur, de ne pas savoir, d'être toujours trop ou jamais assez ?

Allez enlève ton masque et ton armure. Dépose les armes et plante-toi devant un miroir.

Qui es-tu en fait ?

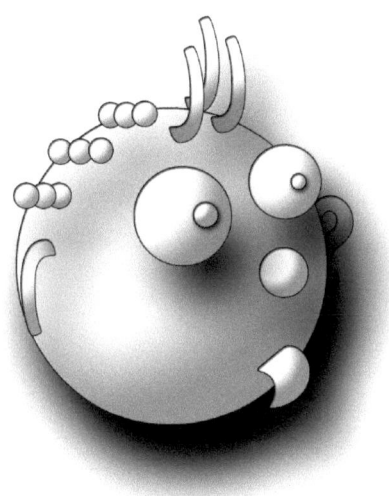

Désolée, mille fois désolée… la photo n'est pas bonne mais tu as deviné.

Oui c'est Moi ! Au départ un « Point » et au fur et à mesure de ses ponctuations, ça !

Autoportrait d'une « Mal barrée », sous les habits, plus loin que la peau, hors maquillage, à nu.

Jumelle cachée de Miss Smiley, pas vraiment du Antoni Tàpies, je te l'accorde. Je ne sais pas si tu perçois ce qu'il faut d'humilité, d'auto dérision et de folie pour afficher ainsi mon portrait ?

Adieu bel amour !

Certes, tout ceci n'est qu'une grossière caricature. Un étrange amalgame de signes géométriques, compilation anachronique de ponctuations élémentaires livrée il y a plus de quarante ans sans notice explicative.

Méli-mélo génétique, paquetage anarchique avec des constantes à ne pas négliger.

À prendre avec des pincettes !

Pas vraiment gâtée le jour de la distribution.

J'ai dû énerver un Dieu ou froisser les ailes d'un Ange.

Réveiller un Diablotin en mal de facéties ou simplement déranger un pauvre type derrière son comptoir qui pensait partir à l'heure et que j'ai retardé en braillant inconsidérément.

Peut-être que cette pochette surprise n'était qu'une option et qu'on a oublié de me donner le kit complet de la parfaite humaine.

Rupture de stock, « reviens demain » ou « démerde-toi avec ».

J'ai dû être trop pressée, ne pas vouloir attendre, croire que ça suffirait.

Ou un lot de consolation. Désolée, il est trop tard, y'a plus de kit mannequin mais amuse toi bien « Tu verras, tu ne vas pas t'ennuyer ».

Peut-être que je suis une expérience, une souris de l'univers, sacrifiée au nom de l'apprentissage ?

Les hypothèses sont aussi nombreuses qu'invérifiables.

Tu me diras, j'en connais qui ont reçu pire.

Qui ont perdu la vue ou un bras, grillent au soleil, croulent sous les bombes, sont lynchés ou violés.

J'ai même une amie qui fait un mètre cinquante cinq les bras levés et chausse du 40. On l'appelle Palme.

Moi, au moins j'ai été balancée en France. Évidemment ce n'est plus le pays des grandes libertés, égalités, fraternités mais tout de même, de quoi je me plains ?

Où est le problème ?

Tu ferais quoi, toi, à ma place ?

Et d'ailleurs, à la tienne, tu fais quoi ?

Je compte bien que tu viennes à notre rendez-vous avec ta caricature « signée, lue et approuvée ».

Qu'on compare et qu'on se marre. Qu'on aille boire un verre et qu'on réinvente le monde.

Tel qu'il est !

Et tu me diras, en vrai, promis, juré, craché, (je crois que j'ai vraiment un problème avec le mensonge, ça fait trois fois que j'emploie cette expression !) si, toutes ponctuations mises à part, je t'ai fait sourire ou je t'ai ému ?

Est-ce que tu t'es reconnu ?

Inconsidérément, as-tu eu envie de m'aimer ?

Tu me diras, si, ne serait-ce qu'un instant, tu t'es vu déambulant dans la rue avec moi ?

Quand je ne suis pas en colère, que je n'ai pas cent mille questions à la minute, une fixette à crever le plafond, aimes-tu « Qui je suis » et pourrais-tu me supporter au-delà d'une parenthèse ?

Tu me diras, si croisant un ami, tu aurais pu jouer une autre scène que celle-là :

- Toi : Salut vieux frère, comment ça va ?
- Ton ami : Bien… génial…. et toi…t'as l'air fatigué… ca va, pas de soucis ?...
- Toi : Non non super… enfin la vie quoi !… au fait… je t'ai pas dit… je vis avec Mal barrée… tu la connais… on est ensemble depuis deux ans…

Grimaces du pote. Regards fuyants. Langage onomatopéique.

- Ah ouais… cool… super….

Arrive une super bombe ☺… Blonde, sensuelle, le sourire fendu jusqu'aux oreilles et là, ton pote qui retrouve la parole :

-   Bah moi je suis avec Smiley maintenant. Tu la connais ? Smiley, mon amour, je te présente….

Écran noir. Silence blanc. Changement de décor.

Plus tard on retrouve « Mal barrée » au milieu du désert, brûlée aux cent millièmes degrés, assoiffée et toute recroquevillée, alignant les grains de sable jusqu'à former un gigantesque SOS… quelquefois que du haut du ciel, un ange miséricordieux aurait l'audace de lui balancer un nouveau paquetage… ou ne serait-ce qu'une réponse… une toute petite réponse… genre « Tu es…. »…

Ecran bleu. Voix off. Intervention divine.

Le héros est sauvé, on la croyait morte mais non, la magie de l'image et des dialogues, des scènes qu'on coupe et qu'on rejoue… une prise, dix prises, vingt prises…. flash back, travelling, cut, cut, cut… débobinage, rembobinage… collage, montage, script écrit et réécrit, raturé… du sur-mesure….

Voilà pourquoi le cinéma coûte des millions et pourquoi la vie n'a pas de prix !

Parce que moi, je ne suis pas en train de t'écrire un polar, ni même un conte de fée ou une comédie romantique. Y'a pas derrière moi une équipe de scénaristes prête à me donner toutes les réponses ou à sauver ma peau in extrémis.

Si tu t'attends à un happy end, tu vas être déçu.

Je me farcis mon « Qui suis-je ? » toute seule. Et si cela ressemble à du cinéma, c'est plutôt limite série B. Le héros est bancal, les dialogues surannés, le décor étriqué, le budget limité.

Aussi, je te le demande une dernière fois, tu ferais quoi, toi, à ma place ?

À part t'inventer des histoires rocambolesques, parcourir le monde en espérant croiser un autre extra-terrestre et chercher dans le regard de ton bel amour un miroir compatissant. Abondamment généreux et secrètement similaire.

Tu ferais quoi, à part remplir ta vie de petits « Points » suspendus ?

Allez, ne me dis pas qu'on ne se ressemble pas. Doux et dur, fort et vulnérable. Désespéré et pourtant ambitieux.

Parce que, ce que je n'ai pas encore dit, le pire dans l'histoire,

c'est que je suis quelqu'un d'absolument,

de fondamentalement,

d'irrémédiablement

Optimiste.

Là tu me vois au rayon laser, de l'intérieur, à la façon d'une malade posée en salle d'opération, les tripes à l'air. Mais si tu refermes le tout, que tu lisses ma peau légèrement bronzée et que tu me remets debout, piff… je te promets… t'y vois que du feu.

Je deviens chat.

Je retombe sur mes pattes et d'un bond, je file.

J'ai beau m'effondrer, je me relève toujours. Je pense que tant qu'il reste un souffle de vie, il reste une chance de changer les choses. Je suis infatigable. Souvent démunie, vulnérable et désespérée mais tenace.

La vie est mouvement et pour peu qu'on accepte sa mobilité, tout peut basculer à chaque instant.

Je te trouve toujours une bonne raison à tout, une excuse valable ou un angle de vue différent qui permet d'aligner une tangente.

Et crois-moi, je la prends.

Non, ça n'a rien à voir avec la fuite.

Loin de là.

Tout le contraire même.

Parce que souvent tu arrives au même point, là où tu devais finalement aller. C'est juste que t'as pu le faire en douceur, en t'évitant le choc frontal du mur.

Optimiste et combative. Cela va de pair.

Si je baisse les bras, c'est juste pour mieux les relever… faut savoir prendre de l'élan.

Et l'élan vient toujours du fond !

Là où j'en étais… avant de t'écrire.

D'ailleurs, je te dois une fière chandelle.

Grâce à toi, à ton écoute attentive, à ta lecture sans faille et évidemment grâce aux euros que j'entends déjà dégringoler dans ma tirelire.

Oui, je sais, je vais devoir patienter encore un peu. Et même peut-être que je rêve tout debout mais en attendant, j'avance !

Maintenant, au moins, je sais « Qui je suis ».

Ça vaut ce que ça vaut, soit, ce n'est pas mirobolant mais ça a le mérite d'être enfin défini.

Et en plus ça donne une idée de quoi en faire.

Tout bonnement génial.

Je n'ai même pas à écrire ce fatal opus 2 qui me fichait la trouille au début. Ce n'est pas que je sois fainéante ou que je te fasse faux bond, mais si tu as joué le jeu avec moi (comme je te l'ai demandé…), si tu n'as pas juste rigolé de mes travers sans penser aux tiens, et que, mu, ne serait-ce que par un mouvement de défi, tu as tenté l'expérience, tu as au moins compris ça.

Le « Je suis » impose de fait, le « Je fais ».

À savoir comment, c'est un autre problème. Problème de choix, de chemin, de balises, d'expérience, d'éducation, de valeurs…

Surtout problème de croyance.

Croire en soi !

Bienvenue le dilemme.

Anathème existentiel !

Indépendamment des autres, du système, de la norme. Malgré les échecs, les conflits, les ratés.

Croire en soi !

Un petit conseil pour parer les doutes, ennemis redoutables, acharnés et incarnés de toute croyance. Prend appui sur tes amis, reste fidèle mais surtout fais confiance à tes ennemis. C'est en eux qu'est la solution. Le combat qu'ils te livrent n'est autre que le combat auquel tu te livres. Leurs peurs, leur négativisme, leur mauvaise foi ne sont rien d'autre que les tiennes mises en scène. Si tu apprends à les aimer, tu apprendras à t'aimer.

Et à croire.

Ne pas confondre avec espérer qui te rend souvent immobile et dans l'expectative mais croire vraiment. Accepter ce que tu es et penser que ça a un sens, une utilité, un but.

Croire et pour ma part donc, continuer d'Aimer, de Marcher et d'Ecrire. C'est bien ça le plus important. Ouvrir mes parenthèses. Lâcher mes énergies. Tant pis si je me plante, si j'ai mal, si je suis seule.

Qu'importe si je suis marginale ou rebelle (vaut mieux être belle et rebelle que moche et remoche non ?). Qu'importe si dans vingt ans la caisse de retraite m'oublie ou que je doive finir à la chandelle, en haillons et sans un rond.

J'aurais au moins vécu !

Oui, je sais, je m'emballe. C'est que je commence à y croire. Ce que c'est bon de se lâcher. On a l'impression que tout est possible.

Vas-y, essaie, tu vas voir.

Fais-toi ce cadeau et reviens me voir. Raconte-moi qui tu es.

Ça ne peut pas être pire que ma tête de Mal barrée !

Bah non je n'ai pas oublié. Je reste lucide tout de même. C'est que je sais « Qui je suis » maintenant et ce qu'il me reste à faire.

Je te rappelle, au cas où tu l'aurais oublié, vu les apartés qu'on s'est permis, que j'ai un boulot à finir de payer. Et, comme on n'est pas dans un polar, je ne vais pas trancher le nœud gordien en allant flinguer ma chef, brûler mon entreprise ou kidnapper mon patron en lui revendiquant un aller-simple pour la Papouasie. Comme on n'est pas dans un conte de fées non plus, je ne vais pas démissionner abruptement en pensant qu'une main généreuse viendra me secourir. Spiderman, il ne donne pas son allocation chômage comme ça, pour rien !

Non ! D'abord, je vais sortir de ma coquille. Caliméro va mieux, merci !

Je vais avaler un sourire glotte, me le coincer au fond du gosier et pépier mes ambitions aux alentours. Retrouver mon vieil adage « Demande et il te sera donné ».

Je vais arrêter de m'identifier au petit bonhomme qu'on voit dessiné à côté des boutons d'urgence dans les ascenseurs... si, si, regarde bien, il a lui aussi une vraie tête de « Mal Barrée » « SOS à l'autre bout, viendez me libérer... j'ai mal à mon en-dedans... ».

Je vais tout de même continuer de prier saint Antoine, mon GPS à moi, pas très contemporain mais je n'ai jamais été quelqu'un qui suit la mode !

Je vais raccrocher ma Farandole de Rêves à mes horizons bouchés. Visualiser autant de petits « Points » que possible, boxer mes questions et surfer sur les virgules du plaisir à chaque fois qu'elles se présenteront.

J'aurai bien repris mon vélo pour me libérer de la boîte à sardines mais à l'heure où je t'écris un petit malin qui a sectionné mon antivol - pourtant

énorme ! - pédale sûrement comme un dératé dessus.
Le troisième vélo en cinq ans, ça fait beaucoup.
Comme j'en ai marre de fournir tous les dealers de
Paris, je vais couper la poire en deux. Une rame le
matin, de toute façon, je ne suis pas forcément bien
réveillée et une marche nordique le soir, pour me
défouler de mes 7 heures d'abrutissement au Pôle
Dément.

Ensuite je vais aligner une tangente.

Et quelle tangente !

Il me reste six mois exactement à tirer. J'ai
compté les jours : 145. Si tu retires les week-ends,
les jours fériés, les ponts et les 10 jours de vacances
auxquels j'ai droit, il ne me reste plus que 115 jours
exactement.

La relativité des chiffres est importante à ce stade.
Si je me dis que j'ai plus que 115 jours ouvrables à
tirer au lieu de 6 mois, crois-moi, cela devient une
relativité tout à fait opportune.

Tu comprends mon optimisme forcené. Et ma
combativité au moins égale. Parce que va falloir
quand même se les farcir ces 115 jours sous le joug

hautain de ma gouvernante toute puissante. Pas sûr qu'à défaut de le vivre, je ne l'écrive pas ce polar. Y'en a qui vont mourir dans d'atroces souffrances et je ne vais pas couper les scènes de tortures. La Dame de Pique va payer !

Je te jure qu'il n'est pas né le prochain chef capable de me faire signer un CDD de plus de trois jours. Encore en train de bouillir dans le bas ventre de son géniteur.

Et je ne te dis pas le cri primal que je vais pousser en sortant le dernier jour. Fermez vos volets braves gens, murez vos fenêtres, faites poser un double vitrage. Je ne vais pas me retenir !

Paris va trembler. Ou Paris va sourire.

Qui sait !

Ma colère retombe déjà. Les trois petits « Points » s'alignent dans ma tête et m'ouvrent des perspectives d'après-guerre totalement euphorisantes.

Peut-être que j'arborerai un tee-shirt jaune avec un énorme smiley au centre et qui sait, peut-être que je remercierai ma chef d'avoir été à ce point irréductible qu'elle m'a forcée à assumer mes choix.

Parce que ce boulot comme les mille autres, elle ne m'a pas forcée à le prendre. Séduite et abusée sur ses perspectives, certes mais pas forcée.

Je l'ai surtout pris pour faire comme tout le monde. Pour me fondre dans le moule. Mais, tu l'as bien vu, je ne suis pas comme tout le monde. Personne ne l'est, on est tous unique. Il n'y a aucune prétention à le dire, ni à le penser, encore moins à l'assumer. Il faut juste du courage et, à ce moment-là de ma vie, j'ai été lâche. J'ai accepté par fatigue. Parce que j'en avais marre de courir après mon AME sans jamais la rattraper.

J'ai cru choisir la facilité. Un travail, une paye, l'aval de mes contemporains, le confort, la routine. Absolument rien de ce que j'étais en réalité. Rien à voir avec une vie de « Mal barrée » en quête d'aventure.

Alors après ce boulot-là, je veux qu'on me foute la paix. Qu'on me laisse aimer, marcher et écrire mes histoires. Qu'on me laisse rêver et finir sans un rond si tel est mon destin. Ce n'est pas trop demander tout de même.

On n'est pas cent mille à vouloir la même chose. Y'a de la place pour chacun. Je ne vole rien à personne.

C'est sûr, Spiderman ne va pas être content du tout de me refiler son allocation chômage. S'il veut que je lui explique pourquoi je vais en profiter et comment je vais me refaire une santé, va falloir qu'il descende de son trône. Ce n'est pas en regardant les gens de haut qu'on se met à leur niveau. La cour des grands, quoi qu'on en dise, ce n'est pas au gouvernement qu'elle se trouve, c'est dans la vraie vie. Celle de tous les petits « Points » frustrés qui négligemment et par résignation laissent plus de place qu'il n'en faut aux Majuscules.

Ensuite, je vais m'offrir un voyage à faire pâlir tous les trekkeurs de la terre. Voir ailleurs si j'y suis et savoir qui tu es.

Je rêve de te rencontrer.

Va falloir aussi que je le trouve cet éditeur fou, capable d'adhérer à mon profil de « Mal barrée » qui voudrait bien croquer un peu du sourire de sa rivale Smiley.

Et le tout, sans amour. Youpi !

Parce qu'évidemment, depuis le début ça plane au-dessus de mon Point d'Interrogation et des tiens, j'en suis sûr, j'ai évité le sujet. Mais va bien falloir que je la fasse tomber cette parenthèse et que j'ouvre le débat.

Ce n'est pas que je sois pudique mais si, tout de même un peu. Ou bien c'est que je ne sais pas m'y prendre. Fort possible. En même temps, aies un peu d'indulgence.

Tu ferais quoi, toi, avec « . ?, ;()… ! » en travers du chemin ?

Et même sans, tu te débrouilles comment ? Si t'as une recette, email-moi et vite !

Mais je sais que tu n'en n'as pas. Ni toi ni personne. Parce que même si on sait comment on doit faire, ça ne veut jamais dire qu'on y arrive. Et pis, ce qui vaut pour un ne vaut pas toujours pour l'autre.

En amour il y a autant de possible qu'il y a d'humains.

Equations gigantesques.

Variantes titanesques.

D'une banalité dérisoire.

Je t'épargne la liste des clichés mais c'est bien de ça dont il s'agit. Dans les histoires de cœur, on tombe tous dans le panneau. Même Sarko avec ses textos ! (Joli la rime, non ?)

Rappelle-toi, au départ, nous ne sommes qu'un « Point ».

En vérité (si par miracle, elle existe ? Parce que dans le genre croyance utopique, pardonne moi l'analogie mais on n'a pas fait mieux depuis Dieu !), je n'ai pas trente six solutions. Dans mon cas je veux dire. Je vais faire avec ce que j'ai de meilleur en moi.

Je vais écrire.

Quand j'aurais fini de savoir qui je suis, c'est-à-dire là, dans quelques lignes, je vais écrire à en faire disparaitre mon « Qui suis-je ? » pour toujours.

Et tant pis pour la suite. J'ai autant de chance de réussir que de me vautrer.

Je ne vais pas attendre, non plus, qu'un autre amour vienne prendre le relais pour m'aimer. Je vais y arriver moi-même.

Non, on ne rigole pas ! Si tu crois que je ne sais pas à quel point le défi est grand. Je me reflète chaque matin dans mon miroir et crois-moi, il n'a rien d'un Narcisse fou d'amour ou d'une princesse en attente de savoir qu'elle est la plus belle.

Je sais que peu de gens s'accordent à mes exigences et donc ils vont et viennent mais ne restent pas. Aussi je vais essayer de ne plus jamais me quitter, de ne plus jamais m'abandonner.

Je vais être un koala cramponné à son arbre de vie, sangsue de moi-même. Fini les lacets pour se pendre, j'adopte le scratch. En mode ventouse.

Et si un joli cadeau se présente (c'est à peu près inespéré au terme de cette confession ! D'ailleurs, tu as vu, il n'en est pas venu, on avait tort de s'inquiéter à la genèse du livre), tout emballé de soie et de boucles légères et vient à me faire douter de ces propos tout neufs au point de tomber une fois encore de mon arbre, je te donne la permission de venir secouer mon bocal à souvenirs. Parce qu'il est vrai qu'en amour, je ne retiens pas bien les leçons.

Voilà, j'espère que tu n'es pas déçu.

Tu vas refermer ce livre.

Nos routes vont se séparer.

J'ai répondu à mes questions.

Découvert qui j'étais.

Quoi de plus magnifique qu'une femme ?

Regarde-moi !!!

C'est ce que Je Suis.

« Tout simplement ».

Une Femme…

Paris, le 7 décembre 2009.

Médication

pour toutes les « Mal barrée »

Je, *On* le sait, est un être singulier.

Un solitaire.

Indépendant, orgueilleux et fier, Je incarne à lui tout seul ce que *On* exècre par-dessus tout : le courage.

Ainsi quand *Je* décide de quelque chose, *Je* se fout de ce que *On* dira. *Je* sais qu'il n'a qu'à vouloir pour pouvoir. C'est la force et la faiblesse de sa condition. Si *Je* échoue, *Je* sera seul et peut-être même désespéré. Mais si *Je* gagne, alors *Je* sera un héros.

Et *Je* le sait. *Je* ne sait même que cela.

C'est cette croyance qui donne force et hardiesse à chacune de ses paroles. Parce que *Je* parle en son nom, prend sur lui le risque de gagner comme de perdre, *Je* est respecté. *Je* sais bien que *On* n'est pas seulement un tic de langage. *On* sert souvent à couvrir ses phrases toutes faites. *On* représente « l'exemple comme preuve ».

Si *Je* n'en fait pas cas, *Je* sait toutefois que *On* peut être un dangereux adversaire. Insidieux, hypocrite et lâche *Je* l'estime à sa juste valeur.

Là où l'histoire se complique, c'est lorsque *Je* s'accoquine d'un *Il* ou d'une *Elle*. Dès lors, *Je* oublie qu'*il* ou *elle* est aussi un autre *Je*. *Je* s'emberlificote aussitôt d'un *Nous* qui, malaisé dans une conversation usuelle, finit très souvent par *On*.

On qui, *Je* le sait, tient son langage commun dans l'utilisation excessive du *Tu*. Et la boucle loin d'être bouclée n'en finit pas de ce tour de passe-passe. Les amis appelés à la rescousse jugent de ce que *Vous* auriez dû faire ou ne pas faire. *Ils* sont passés par là, tous au moins une fois.

« *Tu* parles qu'*On* ne nous y reprendra plus ».

S'ensuit la valse des « *Tout le monde* » s'en doutait. « *Personne* » n'était dupe. « *Machin* » voyait bien que...

Je explose. *Je* n'en peut plus.

On a eu raison de sa vigilance. C'est vrai que *On* est souvent le plus fort.

Alors *Je* s'effondre.

Pourtant si *Je* a perdu une bataille, *Je* n'a pas perdu la guerre.

Demain ou après-demain, c'est sûr, *Je* relancera les dés.

On n'aura jamais le dernier mot.

Et ça, c'est bien *Je* qui vous le dit.

***

« Tout donner de son vivant pour que la mort
n'ait plus rien à prendre »

Jim Harrison

***

Epilogue

Quelques années ont passé... autant dire des milliards de petits points de suspension, d'interrogation, de virgules, d'exclamation…

L'aube de la cinquantaine se dessine… 7 ans déjà, quel chemin parcouru depuis « Mal barrée » !

J'ai racheté un vélo, vampirisé Facebook, trouvé un éditeur enthousiaste, marché sur plusieurs continents, refermé quelques parenthèses… Comme quoi, on évolue ☺

Fière et heureuse de certaines résolutions de l'époque, mes livres voyagent à présent, grâce à vous, amis lecteurs, un peu partout en France. Prochaine étape : le reste du monde ? Yes, yes, yes ! Allez, soyez partageurs ☺

Encore un peu de souffle, d'endurance, d'énergie. Papa, Antoni, David, mes JP, maintenant que vous êtes là-haut, réunis, insufflez-moi l'élan des anges et permettez-moi de grandir encore…

Merciiiii à tous d'être sur mon chemin…

Lou,
Cagnes s/Mer,
Octobre 2016.

Pour nous suivre et/ou nous écrire

Hervé

coupdcrayon@yahoo.fr

Lou

louvernet67@gmail.com

Site internet : louvernet.com

Facebook :

https://www.facebook.com/RomanLouVernet

N'hésitez pas à laisser vos commentaires

Sur FB ou sur les sites :

Amazon.fr – Fnac.com – Babelio.com – etc.